ちくま文庫

注文の多い注文書

小川洋子
クラフト・エヴィング商會

筑摩書房

その街区は都会の中の引き出しの奥のようなところにありました。

人を惑わせるためにつくられたのではないかというくらい、いくつもの路地が入り組み、猫しか通れないような狭い道もあります。

目印の駄菓子屋がある角を曲がり、いまどきめずらしい木製の電信柱をやり過ごして突き当たったのは、昔、読んだ本に出てきたガス燈のある袋小路です。

東京の片隅からいきなり本の中の異国の時間へ連れ去られたようで、静かな図書室で夢中になってページをめくっていた、あの高揚した気分がよみがえりました。

さて、ここはいったい本の中の世界なのか、夢やまぼろしの異界なのかと首を傾げたところ、傾げた角度から目に映った一軒の店――。

それが〈クラフト・エヴィング商會〉でした。

見れば、その看板には「ないもの、あります」なる謳い文句。

創業は明治で、「舶来の品および古今東西より仕入れた不思議の品の販売」と謳い文句はつづいています。

店の正面にはガラス張りの陳列棚が――。

ガラスに指をあてて中を覗くと、得体の知れない商品の数々。

いわく――ガルガンチュワの涙、雲砂糖、四次元コンパス、道化師の鼻、サラマンドルの尻尾、声の棺、七つの夜の香り……エトセトラエトセトラ……。

意を決して扉をあけ、「ごめんください」と声をかけると、あらわれいでし女性の店主。「いらっしゃいませ」と発せられた声は夢まぼろしではなく、「何かお探しですか」とさらにあらわれた「番頭にして書記」を名乗る男は、「どんなものでも、お取り寄せしますよ」と、こちらもまぼろしではありません。

「本当にどんなものでもあるんですか」と訊ねると、

「もちろん」「ないものでもありますよ」と二人は声を揃えて答えました。

「そうですか――じつは私、ずっと探しているものがありまして」

「どんなものです？　いま、お茶をいれますから、どうぞそこへお掛けになって――」

「じつは、昔、読んだ本に出てきたものなんですが——」

目次

case 5

冥途の落丁　169

デザイン・レイアウト＝吉田浩美・吉田篤弘

写真＝坂本真典

注文の多い注文書

case

1

人体欠視症治療薬

「たんぽぽ」川端康成

craft ebbing & co.

注文書

text by
小川洋子

予約もしないで来ちゃったんですけど、構いませんか？　とにかくこういう場所は初めてなんで、要領がよく分からなくて……。ここを教えてくれたのは、時々目医者さんで一緒になる、指圧師のおじいちゃんです。クラフト・エヴィングさんに頼めば大丈夫。どんなわがままな注文でも、嫌な顔一つせず、快く聞き入れてくれる。あそこには、ないものだってあるのだ。だから何の心配もいらない。そう言ってました。

私の注文は、人体欠視症の治療薬。分かります？　変な病気でしょう。どうか、笑わないでね。

最初に症状が出たのは、一年くらい前、十九になったばかりの頃だったかなあ。急に彼氏の体が見えなくなってきたの。他の人は大丈夫なのよ。人だけじゃなく、景色でも何でも普通に見えるの。痛みもないし、頭痛もめまいもない。ええ、もちろん、あなた方のお姿だってちゃんと見えているから安心して。なのに彼氏の体だけが、どうしたことか、すうっと消えてしまって、もう訳が分からない状態よ。

彼氏はね、私が勤めているお惣菜屋さんに毎日お昼を買いにくる、経済学部の大学生なの。すっとしたりりしい顔をしているのに、自分がどれだけハンサムなのか気づいていないタイプの、控えめな人よ。ひじきと油揚げの煮付けが好物で、三日に一度必ず百グラムは買ってたわね。ああ、この人はきっと、水で戻したひじきと、湯通しした油揚げを、お出しでことこと煮るようなお母さんに大事に育てられたに違いない、そう思うと彼のことが自然と好ましく感じられるようになった。だって、ピザやフライドチキンが好物の人より、ひじきが好き、っていう若者の方が、断然魅力的じゃないかしら。

で時々、店長の目をかすめておまけをしてあげたんだけど、彼はそのつど店中に聞こえるはきはきした声でお礼を言ってくれるものだから、すぐ店長にばれちゃって、慌てることとしばしばだった。そういうところにもひかれて、私の方からアタックした次第です。話がなかなか本題にまでたどり着かなくて、ごめんなさいね。

とにかく私たち、デートをするようになったの。初めて手をつないだ日のことは忘れられないわ。踏みしめる落葉の音や、彼の息遣いや、木々の梢から差してくる月の明かりや、何もかも全部覚えてる。お惣菜屋のコロッケの油がセーターに染みて、嫌なにおいがしていないか、気が気じゃなかった。のろけているんじゃないのよ。その時が発病の瞬間だったから、病気の実態を少しでも分かってもらうために、こうして話しているの。

彼の左手が私の右手に触れた時、最初に伝わってきたのは体温だった。それは普通のことでしょう？　自分の体温とそう違わないはずなのに、何か特別なものが掌から注ぎ込まれたような、震える瞬間よね。今でも彼と手をつなぐのは大好き。

しばらく黙って公園を歩いたあと、池の回りを一周した。白鳥はもう眠っていた。ベンチに座ろうとしたその時、彼の左手が消えているのに気づいたの。ちゃんと自分はそれを握っているし、体温も感じているのに、手首から先が見えないのよ。もちろん最初は、暗すぎるせいだと思って、月に向かって手をかざしてもらった。街灯の下まで彼を引っ張って行った。瞬きをして、目をこすって、頭を振った。けれど何をしても無駄だったわ。彼の左手はもうそこにはなかった。そこにはただ、暗闇が広がっているだけだった。

その時にはまだ、私も彼も、いずれ元に戻るだろうと、さほど深刻には考えていなかったんだけど、三日たっても十日たっても状況に変化はなくて、さすがに不安が募ってきた。私は彼の見えない左手に、お惣菜の袋とおつりを渡したわ。

初めてキスをしたのも同じ公園だった。目を開けた時、今度は彼の唇が消えていた。もうお分かりでしょう。私が彼に触れると、そこが順番に見えなくなってゆくの。辛い病気なのよ。想像するのは難しいと思うけど。このまま目が見えなくなってしまうんじゃないか、っていう不安はないの。私の目はしっかりしてるわ。外の世界をちゃんと映し出してる。でも悲しいことに彼だけが別個なの。彼の輪郭にだけ特別いとしい電流が流れていて、私の視神経はか弱いウサギみたいにうずくまったまま、動けないでいるのね、きっと。

彼を愛しているからこそ、彼を失うのが恐くて、体に触れることができないの。だから私たちは一緒に過ごす時、とっても慎重に振る舞うのよ。今もかろうじて残っている、彼の体の部分に不用意に触れないよう、指一本動かす時だって、思慮深く、慌てずゆっくりとやるの。

ええ、おっしゃるとおり、既に多くの部分が失われてしまったわ。どんなに注意深くしていても失敗は起きるし、発病した最初の頃は、「こんなことって嘘に違いない」と思って、半分やけになって肘や耳や喉仏を触ってしまったから。愚かだったわ。

いつだったか彼の肩に蜂が止まって、思わず払い除けた時にはどんなに後悔したことか。すぐに手を引っ込めたけれどもう遅かった。蜂が飛び去ってゆくのよりも早く、肩は見えなくなっていた。

素敵な肩だったのよ。もし普通の恋人同士だったら、私のことをすっぽり包んで、どんなに安らかな気持にしてくれたか知れない、素敵な肩。なのにそれをたった一匹の蜂のために失うなんて……。

「大丈夫。心配はいらない。僕はここにいるよ」

彼はそう言って慰めてくれる。本当は胸に飛び込んで泣きたいのに、それはできない。胸はまだ見えている貴重な部分だから。彼は左手をのばし、私の涙を拭ってくれる。一度消えたところには、安心して何度でも触ることができるの。おぼろげな気配さえ目では見えなくても、彼の温かい指はちゃんと私の頬を包んでくれる。

ならばいっそのこと、どこもかしこも全部触って何にも見えなくなった方が、心置きなく付き合えるんじゃないか、そう考えたこともあるわ。でも駄目。いくら皮膚で感じ取れるとしても、目で見えないなんて淋しすぎる。一番大事な彼の姿だけが、すっぽり抜け落ちて、世界の底の暗闇に飲み込まれてしまうのよ。いくら手を差し出しても届かないの。私にはとても、耐えられないと思う。

考えつく限りあちこちの病院に掛かって診察してもらったわ。カウンセリングもいくつ受けたか数えきれないくらい。〝肉体関係不全カップルのためのグループカウンセリング〟とか、ちょっと怪しげなのもあったわね。あっ、そうそう。そこで、私たちに負けず劣らず可哀相なカップルと知り合いになった。彼氏がガールフレンドにキスすると、そこから一輪、花が生えてくるんだって。花は見せてもらえなかったけど、愛らしい花なんでしょうね、きっと。好きな女の子の体に咲く花なんだから。彼らは今頃、どうしているかしら……。

さてと、人の心配をしている場合じゃなかったわ。問題は私。もちろん、大学病院の眼科にも行ったのよ。涙腺に極細のワイヤーを通すとか、目玉の奥にヘラを突っ込んで眼球を半回転させるとか、いろいろ恐ろしい検査も受けて、苦い薬も飲んで、まあ私としてはよく頑張って我慢したと思う。だけど何をしても、良くはならないの。彼の体はだんだんに残り少なくなってゆくばかりだし、失われた部分の闇は深く濃いまま。

三か月くらい前からは、もうあらゆる検査、治療を中断して、近所の目医者さんに、気休めの目薬をもらいに行くだけになっているの。ゴミを洗い流して、瞳を潤すだけの、ただの目薬よ。治そうとすればするほどストレスが溜まって、余計に疲れるだけだから。

でもその目医者さんが、愉快で気楽ないい先生でね。効かないと分かっていても、目薬をもらいに行くのが楽しみなの。お祖父さんの代からやっている医院で、建物は木造だし、器具は古びてるし、スリッパなんか全部破れているんだけど、お年寄りの患者さんに人気があって、結構はやっているのよ。

「人体欠視症なんて奇妙な病気に罹る人、滅多にいないんでしょう?」

私が愚痴っぽくこぼしたら、先生は、

「お祖父さんの代に一人、そういう患者さんが来院したって、聞いたことがあるよ。大昔の話さ」

と言った。やっぱり私みたいな若い娘で、軍人さんのお嬢さんだったそうよ。

「今思い出したけど、その娘さんについて詳しく教えて欲しいという人が、訪ねて来たことがあったなあ。だけどその時、お祖父さんはもう死んでいたし、カルテも残っていなかったから、大した話はしてあげられなかった。何でもその人は川端康成の大ファンで、川端の研究に生涯を捧げ、彼に関わりのあるものすべてを収集している、という変り者の小父さんだったね。川端康成の作品に、人体欠視症の女性が登場する小説があるらしいよ。君、川端康成、知ってる?」

正直に言って、ちょっと危なかったんだけど、先生にばかにされるのも悔しいから、もちろん知ってるわよ、って強がった。

でも私はその時、事態が思わぬ方向に動きだしている気配を感じたわ。今まで散々繰り返してきた無駄な努力とは違う、そこはかとない有益な光の気配。自分はその変り者の小父さんに会うべきだ、と確信したの。そう、私だって、肝心な時にはちゃんとした判断が下せるのよ。

しかしまず、私と同じ病気の人が出てくるという、その小説を読んでみなくてはなりません。そうでしょう？　だから彼に頼んで図書館で調べてもらったの。彼は大学生だから、私と違って調べ物が得意なのよ。で、ほどなく判明した題名が、『たんぽぽ』。ああ、易しい題名の本で助かった、と思ったわ。

ところが易しいのは題名だけで、中身はうんと難しかった。ようやく苦心して一ページめくっても、めくった途端に何が書いてあったか思い出せなくなって、また逆戻り。こんなことの繰り返しよ。自慢じゃないけど、小説と名の付くものを読むのは、二十年の人生でそれが初めてだったの。

でも途中で放り出したりしなかったわよ。彼に励ましてもらいながら（彼は何と四十分で読み終えてしまいました）、一字一字、刺繡の針を刺してゆくみたいに、読んでいったの。すると、最初はただ難しいだけだと思っていたのが、少しずつ焦点が合ってきて、登場人物たちの姿が浮かび上がって見えてくるようになった。現実の彼の体が見えなくなって、作り物の方がありありとしてくる。不思議ね。

人体欠視症の娘さんの名は稲子さん。彼女もやっぱり、恋人の体が見えなくなるの。その恋人と、稲子さんのお母さんが、一緒に彼女を病院へ入院させるところからお話はスタートするわけ。病院のある町にはいっぱいたんぽぽが咲いていて、丘の上にあるお寺から鐘の音が響いてくるの。さて、病院に稲子さんを預けたあと、旅館へ帰る道々、恋人とお母さんは二人で彼女のことを心配するんだけど、この会話がなかなかに曲者よ。お母さんは病気の原因は、稲子さんが子供の頃、目の前で父親が不慮の死をとげるのを見てしまったことにあるんじゃないか、と推察する。その死に方が普通じゃないの。軍人で右足が義足だったお父さんは、娘と伊豆に騎馬旅行に出掛けて、崖から馬もろとも落ちて死ぬのよ。目医者さんのお祖父さんのところに受診に来た患者さんも軍人の娘さんだって言ってたから、やっぱりどこかでつながっているのかしらね。

恋人は稲子さんと結婚したいと訴える。お母さんは反対する。反対するだけじゃなく、娘が恋人に抱かれている時、症状が出たらどうなるのか、なんて心配までしているの。それでそのまま二人は、同じ旅館に泊まるの。ああ、話しているうちにまた小説の妙な雰囲気が蘇ってきたわ。でも人に自分の読んだ小説の筋を説明するのって、案外楽しいものね。

読んでいるうちに訳も分からず胸がどきどきして、ページをめくる指先に力が入っちゃって、肩が凝った。稲子さんが、見えない彼氏とどうやって抱き合っているか、その姿態がまぶたでチラチラ点滅している感じよ。自分が何のために『たんぽぽ』を読んでいるのか、それは病気を治す手がかりを見つけるためだ、という最初の目的も、いつの間にか半分忘れていたくらい。

ところがところが、最後のページをめくった時、思わず「えーっ」て叫んだわ。


（未完）


って書いてあるじゃない。未完よ。途中やめよ。こんなことってある？　稲子さんと彼氏がどうなるか、彼氏とお母さんが旅館でどんな一夜を過ごすか、分からないままに終わっちゃったの。ここまで苦労して読んできた私の頑張りを、一体どうしてくれるんですかと、川端さんに抗議したい気分だった。

彼が教えてくれたところによると、川端さんは『たんぽぽ』を書いている途中で、死んでしまったんですって。ガス自殺よ。

すぐに私、心の中で川端さんに謝った。ごめんなさいね。小説を書くのがどんなに辛いことか知りもしないで、わがまま言って。

謝り終わったあと、しばらくして、ようやくぼんやり気付いてきたわ。人体欠視症の治療法についてはやっぱり書かれていなかったなあ、と。


気落ちしている暇もなく私と彼は、川端の研究家兼収集家であるところの小父さんの家を訪ねたの。隣町の駅の東側にある、たいそう立派なお屋敷だった。その小父さんの名字がついた、○○ビルとか○○マンションとか○○月極め駐車場とかが至るところにあったから、きっと昔からの大地主さんなのね。応対してくれたのは小父さんの孫のお嫁さんに当たる人で、まあある程度予測はできていたんだけど、小父さんは六年前にガンで亡くなっていた。

今でも時折コレクションを見学しに、全国から川端ファンが訪ねてくるらしく、私たちも案外すんなり中へ入れてもらえたわ。お嫁さんは、お祖父さんが変なものを残してくれたおかげで、半分迷惑してる、っていう感じだったけどね。人体欠視症のことは黙っておいたわ。

研究室は（お嫁さんはそう呼んでた）裏庭の元味噌蔵だった。まず目に飛び込んできたのは図書館にあるみたいな本棚で、もちろんそこに詰まっているのは川端さんに関係のある本ばかり。川端さんの初版本は当然全部揃っているし、とにかくたった一行でも、川端康成、と出ている本は残らず集めてあるそうよ。

他に整理ダンスやキャビネットやサイドボードが置かれていて、活字以外の収集品がきちんと整理してしまってあるの。例えば、『伊豆の踊子』の舞台になった温泉旅館の、石鹸受け。行き付けの喫茶店の紙ナプキン。講演会で川端さんが一口だけ飲んだ水差し。立食パーティーの時使った割り箸。仕事部屋としていた家の玄関先の小石……。とまあこんな具合。

それらに一つ一つ荷札みたいな紙が括り付けてあって、小父さんの字で説明が書いてあるんだけど、これが味わい深くてね。読んでいて飽きなかった。〝編集者らしき男に怪しまれ追い掛けられるも、非常階段に逃げ込み無我夢中で逃げる。螺旋階段にて目が回り、乗り物酔いのごとき気持の悪さ覚えるも、懐に水差しかき抱き構わず走る。水差しのくびれ部分、先生の指紋を認める〟こんな文章が、几帳面な字でびっしり書いてあるの。水差しを手に入れて小父さんがどれほどうれしかったのか、私にも伝わってきた。

梯子で上る中二階が書斎スペースで、小父さんが生きていた時のままになってた。使い込んで飴色になった机、外国製の万年筆、空のインク壜、老眼鏡、開いたままのノート、半分こっちに向いた椅子……。ついさっきまで小父さんがそこに座って、新しい収集品に付ける文章の下書きをしていた、って言われても不思議じゃなかった。もっともお嫁さんに言わせれば、片付けようもないからただ放ってあるだけのことらしいわ。

確かに、長い間うち捨てられてきた、くすみみたいなものは漂っていたけれど、でも収集品たちはみな、ちゃんと息をしていたのよ。それらを尊敬し慈しんだ人の思いが、一つ一つに刻まれていたの。なぜだか、厳かなたたずまいでさえあったわ。

ようやく私は本来の目的を思い出して、小父さんが残した『たんぽぽ』に関するノートを見せてもらった。分厚く膨らんだ、手垢だらけの大学ノートが三冊。そこにびっしり『たんぽぽ』をめぐる探索の記録が記されていたの。

まず、稲子さんが入院する病院のある町を探す記録。汽車の切符や、風景を写した写真や、役場の観光パンフレットが貼り付けてあって、その合間にびっしり感想が書き込まれているの。母親と恋人が歩いたと思われる道を自分も歩いて、その道端に咲いていたタンポポを押し花にしていた。もうすっかり色あせて、ちょっと触っただけでポロポロ粉になりそうだったから、慎重にページをめくったわ。続いて、病院、お寺、二人が泊まった旅館など、建物の調査。稲子さんのお父さんが馬ごと崖から落ちたとされる、伊豆の海岸をたどる旅。お父さんが装着していた義足の推定見取り図。それから、稲子さんのモデルの追跡（目医者さんのお祖父さんの話もちゃんと載っていた）。さらには人体欠視症に関する研究。

その研究の最後の項目が、【治療法】だった。どれもこれも、私がやってみて効果のない治療法ばかりだったけれど、たった一つだけ、試したことのない気になる薬が載ってた。クラフト・エヴィングさんにお願いしたいのは、その薬なの。

ノートは貸し出してもらえなかったから、そこだけ書き写したものを置いてゆくわ。もし分からないことがあったら、いつでも連絡してね。でも不思議。話しているうちにだんだん、私の気持も和らいできたみたい。最初は何としても薬を手に入れて病気を治さなければ、と切羽詰まって、自分のことで頭が一杯だったのに、今では螺旋階段を走っている小父さんとか、小説を書いている川端さんとか、目医者さんのお祖父さんが診察したお嬢さんとか、そういう会ったこともない人たちが、みんなで心配して私の目をのぞき込んでくれているような気分よ。

長い話を聞いてくれて、ありがとう。

◎蝙蝠屋　眼病専門民間薬製造及び卸問屋

商品名　蚊涙丸

効　能　色は漆黒、大豆ほどの大きさにて、無臭。温度変化に敏感。つまむとたちまちべとつき、指の黒ずみ容易には落ちず、注意必要。視界晴れ渡り一点の曇りもなく百米先の女性の着物の柄、詳細に感知し、米粒に写経も可。

服　用　一日一回、就寝前、三粒を飲み下す。服用後は朝まで目を開けること許されず。

原　料　蝙蝠の糞を集め、蝙蝠の食したる蚊の、消化されざる眼球のみを精製。（蝙蝠には目は必要なく、よって眼球は消化されずに排泄される由）

納品書

text by
クラフト・エヴィング商會

御依頼を承りました治療薬=蝙蝠屋の〈蚊涙丸〉は、その筋では有名な過剰薬の一種です。過剰薬とは、効果があり過ぎるため副作用の方が元の病よりも重くなってしまうという文字どおりの過剰な薬です。それゆえ容易には手に入らないのですが、現在でもひそかに製造は続けられており、大変高価ではありますが取り寄せることは可能です。

39
人体欠視症治療薬

この薬が過剰薬と認定されながら、いまだに発売禁止にならずにいるのは、じつは多くの人が知らず知らずのうちに「欠視症」を病んでいるからに他なりません。申し上げにくいことですが、われわれはじつのところ、ほとんど誰もが「欠視症」なのです。

川端康成氏が『たんぽぽ』で取り上げたのは、「欠視症」の中でも最も特異な「人体」が見えなくなる症例でした。しかし、この病は「人体」のみならず様々なものにあらわれます。

41
人体欠視症治療薬

初期症状は「白くて小さな丸いもの」が見えなくなり、これはあらゆる「欠視症」に共通していることです。たとえば、いまここにピンポン球がありますが（写真a）、このようなものがまったく目に映らなくなります。

写真 a

もうひとつ、この薬が法の網をくぐり抜けてきた理由は、薬そのものを目にすることが出来ないからで、この薬は不思議なことに「欠視症」になってしまった人にしか見ることが出来ないのです。その形状は「大豆ほどの大きさ」と効能書に記されていますが、やはり「小さな丸いもの」であり、ピンポン球の「白」に反して「漆黒」の粒のようです。

欠視症治療薬
効能
視界晴れ渡り一点の曇りもなく
米粒に写経も可
服用
一日一回就寝前三粒を飲み下す
服用後は朝まで瞼を開けること許されず
蚊涙

というわけですので、商品の箱や瓶などはこのとおり御紹介できるのですが、肝心の薬そのものは残念ながら写真でお見せすることが出来ません。

どうぞあしからず。

受領書

text by
小川洋子

商品入荷のお知らせをもらったのに、長い間連絡もしないで、ごめんなさい。

ややこしい注文を、面倒がらずにちゃんと聞き入れてくれて、何とお礼を言ったらいいか……。指圧師のおじいちゃんが言ってたことは正しかったわ。クラフトさんに頼めば大丈夫、何の心配もいらない。本当にそのとおりだった。

初めてここへ来た時は、どうか早く欠視症が治りますようにと、そればかり祈ってた。ところが今は、自分がまだ欠視症のままだったらどんなにいいだろう、なんて愚かなことを考えている……。本当に人生ってややこしいわね。

私の大事な大事な彼は、遠くへ行ってしまったの。どんなに目を凝らしても見えないくらい、遠いところへ。

最後はもう、小指の爪一枚、髪の毛一本、見えなくなってた。つまり彼の身体の中で、私の指が触れていない部分はどこにも残っていなかった、ということね。

一人の人間のすべてを触り尽くすって、すごい事態だと思わない？　愛し合っている者同士にしかできないわよね。人体欠視症になったおかげで、私はその過程を目の当たりにすることができた。彼の姿が少しずつ見えなくなってゆくその様子が、彼への思いの深まりを表していたのよ。見えないことで、見ていたの。

いくら鈍感な私にだって分かったわ。彼が「さよなら」と言った時、それがどういう意味か。

「私は構わないのよ。あなたの姿が見えなくたって、何の不都合もないの」

一応、そう言ってみたけれど、返事はなかった。長い沈黙だったわ。とうとう声まで失われてしまったのかと、思ったくらい。

彼はただもう一度、

「さようなら」

と言ったきりだった。

ああ、身体と一緒に、心も遠くへ行ってしまったんだ、と分かった。相手の表情も視線も見えず、一言、声だけが響いてくると、普通よりもずっと生々しくその人の気持が伝わってくるの。心と鼓膜はつながっているのね、きっと。

お惣菜屋さんは辞めたわ。彼と知り合った場所で仕事を続けるなんて、とても無理だった。一週間くらいご飯が喉を通らなくて、二十日間くらいは毎日泣いてた。それでもあきらめきれずに、部屋中を手探りで歩き回ったの。本当は彼が戻ってきてくれてるのに、私が気付かないだけじゃないかと思ったから。だって私は人体欠視症なんだもの。

お惣菜屋さんに、アルバイト代の残りを取りに行った時だった。町を歩きながらも私は、いつでもすぐに彼を見つけられるよう、平泳ぎみたいに両手を漂わせていたの。すれ違う人は皆、関わり合いにならないよう避けて通っていたけど、でも好奇心を抑えきれない感じで、じろじろ見てたわ。

商店街の角を曲がった時、お惣菜屋さんの前にいる彼を見つけたの。最初、奇妙な気分になって、自分に何が起こっているのか、混乱してしまった。間違いなく彼だった。知り合った頃そのままの、完全な形を留めた彼よ。まず込み上げてきたのは喜びだった。その次に、どうして彼の姿が見えるのか、不思議に思って、そうして、彼の隣に女の人がいるのに気づいて、訳が分からなくなって、その場に立ち尽くしてしまった。

二人はひじきと油揚げの煮付けを百グラム買ってたわ。女の人は煮付けの入った袋を彼に渡して、彼はお釣りの小銭を彼女に渡した。微笑み合いながらね。彼女には確かに、彼の姿が見えていたみたい。彼を好きになった人が誰でも皆、人体欠視症になるわけじゃないのね。彼らは手をしっかり握って、歩いて去って行った。その後ろ姿を見送りながら私は、二人がありふれた、どこにでもいる、ややこしくないカップルとして幸せになってくれるよう、祈ったの。

彼の心が冷めたから、私の欠視症が治ったのだとしたら、やっぱり私はいつまでも、欠視症のままでいたかった。

どうもありがとう。これが治療薬の蚊涙丸なのね。もちろん、いただいて帰るわ。彼との貴重な思い出の品ですもの。大事にするわ。

申し訳ないけれど、掌に載せてもらえるかしら。掌に載るくらいの大きさなんでしょう？　蚊の涙、っていうくらいだから、そんなに重いものじゃないはずよね。ごめんなさいね。私には何にも見えないの。

case

2

バナナフィッシュの耳石

「バナナフィッシュにうってつけの日」
J. D. サリンジャー

craft ebbing & co.

注文書

text by
小川洋子

謹啓　秋冷の候、御社におかれましては、ますますご隆盛のこととお慶び申し上げます。

さてこのたび、他ならぬクラフト・エヴィング商會さまにお骨折りをお願いしたくご無礼も顧みず、こうしてお便りをしたためている次第です。同封させていただきました名刺にございますとおり、私、「J・D・サリンジャー読書クラブ」の三代目会長を務めている者でございます。

当クラブは、名前のとおり、サリンジャーの本を読むための集まりであります。全く単純に、それだけのクラブなのです。ややこしい入会審査も会則もなく、罰金、退会勧告、除名などの物騒な言葉とは無縁、会費は通信費とお茶代の実費のみ、という誠に自由な、言い換えれば大雑把な運営にもかかわらず、創設以来五十年の月日を数えております。

主な活動は月二回（第一、第三水曜日）、夜九時から十一時までの会合と、簡単な会員通信の発行、となっています。会合の内容につきましても厳密な取り決めはなく、各々が意見を出し合い、様々な趣向を取り入れて創意工夫に努めています。文学博士をお招きしてお話を伺うこともあれば、朗読会を催すこともございます。作品に登場する料理の再現と試食、好きなフレーズベスト10の発表、関連記事や書評の収集、ブックデザインの比較、等など、挙げればきりがありません。

しかし何と申しましても私共が最も力を注いでおりますのは、サリンジャーの作品を味わうこと、この一点に尽きると思います。深く、広く、鋭く、ある時は澄んだ日差しを浴びるように、またある時は深海の暗闇に包まれるように、作品世界を旅して歩くのです。我がクラブの入会基準はただ一つ。サリンジャーの小説を愛していること、なのです。

残念な事実ではありますが、クラブ設立以来、新作を読む喜びを味わえた期間は、ごく短いものでした。ご存知のとおりサリンジャーは一九五一年に『キャッチャー・イン・ザ・ライ』で一躍名声を世界にとどろかせました。その後『ナイン・ストーリーズ』、『フラニー』、『大工よ、屋根の梁を高く上げよ』、『ゾーイー』、『シーモア―序章―』と、次々作品を発表しましたが、一九六五年の『ハプワース16、一九二四』以降、一切小説を発表しておりません。それどころかニューハンプシャー州の森、コーニッシュに引きこもったまま、世間との関わりを絶っています。もはや彼の顔写真さえ拝むことが叶わぬ状況です。お嬢さんのマーガレットさんがお書きになったご本『我が父サリンジャー』によりますと、その森では、〃いちばん近い「隣人」は、……苔むした七つの墓石の群れだった〃ということであります。

けれどもどうか、誤解なさらないで下さい。私共は決して、現在の状況に不満を抱いているわけではございません。古い作品にはもう飽きた、新しい作品が読めないならばクラブも解散だ、などと血迷った考えを抱いているのでは断固ないのです。

むしろその反対です。サリンジャーの作品は何度読み返しても飽きることはありません。私共は五十年間、手の中にある限られた数の宝石を、ずっと磨き続けてまいりました。磨けば磨くほどそれは思いも寄らない新たな光を放ち、私共を驚かせ、ぞくぞくさせ、恍惚とさせるのです。

彼の小説を読み込むのは、一本の縄梯子を伝い、一段一段、物語の洞窟を降りてゆくのと似ています。縄梯子の足場はゆらゆらとし、それが一体どこへつながっているのか予測もつかないのですが、その危うげな感じがいっそうこちらの胸を揺さぶります。私は縄をきつく握り、耳を澄ませ、身体を慎重に下へ下へと沈めてゆきます。

そこは言葉の洞窟です。頬に落ちてくる水滴も、不意に吹き抜けてゆく風も、遠くで響く動物たちの鳴き声も、皆言葉で形作られています。にもかかわらず私は、水滴を味わい、風の匂いをかぐことができます。動物たちの気配にびくっとし、思わず足を踏み外しそうになって冷や汗をかくのです。

洞窟の風景は刻々と移り変わってゆきます。光が変わり、空気の密度が変わり、岩肌の感触が変わります。するとそれまで目に入らなかった窪みにひっそりと咲く小さな花を見つけたり、単なる水溜りだと思っていたところが実は湖だったり、「やあ、こんにちは」と挨拶をしたら、相手がもう死んでいる人だと気づいたり、実に様々なことが起こります。

どんなに深く降りていっても、サリンジャーの洞窟は果てがありません。何度読み返しても新たな発見を得られます。数え切れないほど同じ道を通ったはずなのに、それはずっと変わらずそこにあったはずなのに、どうして今まで見過ごしていたのだろうと、不思議でたまらない気持になることが、たびたびです。

実を申し上げると、会員の中にはこうした読み方に否定的な者もおります。広い地平をパラグライダーに乗って飛翔するような、水平的で、開放的な読み方を好む者たちです。もちろん対立関係にあるわけではございません。お互い相手の立場を尊重し合い、サリンジャー作品への愛を共有する、かけがえのない会員たちです。言ってみれば、梯子派とグライダー派、二つの流派が共存している、というところでしょうか。

当然のことながら梯子派の読み方は、時に自家中毒的な症状をもたらす場合があります。迷路に入り込んだように頭がぐるぐるし、意識が遠のいて倒れるような状態です。気が付くと私は、いつの間にか洞窟の壁をすり抜け、全く次元の異なる空間に置き去りにされています。しっかり握っていたはずの縄梯子も見当たりません。

そこは洞窟より人工的な感じのする場所です。人間の作り出した規則によって整えられた雰囲気があります。私一人で一杯になるくらいの、ほんのささやかなスペースしかありません。しかも、とても秘密めいています。なのになぜか、秘密の場所を見つけた喜びよりも、戸惑いの方が大きく、早くここから脱出しなければ、と焦ってしまうのです。

そこには、J・D・サリンジャーが自分の作品に刻み込んだ秘密が、隠されています。他の誰にも聞かれてはならない、無音で語られる嘆き、後悔、不安、涙です。長年彼の作品に寄り添ってきた私には、その暗号が読めてしまいます。彼はこれを絶対読者には知られたくなかったはずだ、自分だけの印として留めておきたいはずだ、ということもまた、分かってしまいます。思いもかけず手にしてしまった秘密を、私はどこに捨てることもできず、胸に抱いたまま、物語の世界からこちらの世界へ戻ってくるのです。

このようにして集めた秘密は、クラブの中でも更に梯子派だけの重要な共有財産として、外に漏れないよう、厳重な管理の元に保管されております。ですのでクラフト・エヴィング様におかれましても、秘密の保持に関しましては、どうか慎重を期していただきたく、くれぐれもよろしくお願い申し上げます。

前置きが長くなりました。本題に入りましょう。

『ナイン・ストーリーズ』は、サリンジャー自身が二十九編の自作の中から九編を選んで一冊にした短編集ですが、私共はこの本に隠されたある重要なメッセージを解読することに成功しました。まず九つの原題を横一列に並べ、アルファベットを数字化します。するとある一定の規則とキーになる数字が現れ、更にそこに特殊な細工を施すことにより（申し訳ありませんがこれ以上詳しくはお話しできないのです）、一つの公式が浮かび上がってきます。この公式は各短編に対し、固有の数字を指示しています。あとはもうお分かりでしょう。小説の先頭の単語からアルファベットを、指示された数字まで一つ一つ数えてゆき、特別に選ばれた一文字に丸をつけるのです。

丸印のついた文字を順に並べると、下記のようになります。

e, a, r, s, t, o, n, e, s

イヤー・ストーンズ。耳の石。

耳の石とは何を意味するのか。この疑問は長い間、梯子派部会における最大の研究課題でした。他の作品からあぶり出された秘密たちは、ある意味もっと単純なのです。サリンジャーの人間くささがそのまま伝わってくるような、素直さがあります（繰り返しになりますが、秘密の内容についてはご説明できないこと、どうぞお許し下さい）。ところが耳の石だけは別でした。

イヤー・ストーンズ。

私共は何度もその言葉を口に出し、紙にも書いてみました。そうするだけで、なぜかどこからか不吉な影が差してきそうな気持に陥りました。もちろん、どこかで何かを見落としたり、間違いを犯した可能性だってなくはありません。ですから、縄梯子を使っての作品解読を更に濃密にし、洞窟をすり抜けるあの感覚を繰り返し味わってみました。中には健康を害する会員まで現れたほどです（貧血、蕁麻疹、関節痛、脱腸、鳥目などど）。しかしどんなに努力をしても、得られるキーワードは、耳の石です。ただ一つこの秘密だけが、どこにも行き着けず、宙に浮いているのです。

ある日、クラブの例会とは別に、梯子派だけの親睦会をウナギ専門のフランス料理店で開いた時のことでした。ウナギのテリーヌ、ウナギのブイヤベース、ウナギのハーブ焼き、ウナギのムースなどを頂きながら、耳の石について散々議論を戦わせたのでした。最後に、ウナギの乾燥肝を浮かべたお茶を飲み干し、お店を出て、皆でタクシーを待っておりますと、玄関脇の路地にもたれて一服していたシェフが、慌てて煙草をもみ消し、私共に丁寧な挨拶をしました。手には何やらビニール袋を提げています。

「大変失礼いたしました。本日はどうもありがとうございました」

「いやあ、実に美味しかった。工夫に富んだお料理ばかりで、感心しましたよ」

「お気に召していただければ幸いでございます。またのご来店、心よりお待ち申し上げております」

「ところで、手にお持ちのビニール袋、中身は何ですか？」

「あっ、これは、ウナギのジセキです」

と、シェフは言いました。

ジセキ？

一斉に私共はその言葉に反応しました。

「ジセキとは、どんな字を書くのでしょう」

皆を代表して私が尋ねました。するとシェフはこともなげに、

「耳の石です」

　と、答えたのでした。

「私、この店で三十年以上ウナギをさばき続けていますが、ウナギの耳の中にあるちっちゃな石を、趣味で集めているんです。ええ、ウナギにも耳があるんですよ。平衡感覚をつかさどるものなんでしょうか。成分は貝殻と同じ炭酸カルシウムです。不思議なことにこの耳石、一日一本、年輪のような輪っかが刻まれてゆくんです。どんな場所で、どんな餌を食べて大きくなってきたか、ウナギの物語が全部耳石に記されているのです。決して人間が目にできない世界を映し出しているのです。まあ、ウナギの命を頂戴して商売している自分としては、罪滅ぼしみたいな気持で、耳石を持ち帰って、一個一個掌に載せて、ウナギの一生に思いを馳せているというわけです」

　そう言ってシェフは手に持ったビニール袋を、軽く振ってみせました。カサコソ、ひっそりとした音が聞こえました。

　そこから私共の〝耳の石問題〟は一気に動きはじめました。梯子派の会員たちが各々得意としている分野から、これまで耳の石とは無関係と思われていた知識を持ち寄り、改めて分析をし直したのです。ウナギでたっぷり精をつけたからでしょうか。皆の意気込みには目を見張るものがありました。

『ナイン・ストーリーズ』の先頭にくる作品で、公式をあぶり出す際、最も重要な役割を果す『バナナフィッシュにうってつけの日』。このバナナフィッシュを追い続けている会員がおりました。サリンジャーの私信の収集に生涯を懸けている会員もおります。あるいはまた別の会員は(耳鼻咽喉科の医者です)、サリンジャーの写真から彼の耳について研究しています。こうしたメンバーたちの長年にわたる考察結果が、耳の石、耳石を触媒として、予測もしない化学反応を起こすに至りました。

結論から申しましょう。お察しのとおり、経過の詳細についてはお話しできないのです。今私共がクラフト・エヴィング様にお伝えできるのは、結論だけなのです。

J・D・サリンジャーは耳石作家です。

世界にはほんの数人、神様から特別の才能を与えられた芸術家が存在します。作曲家のV、彫刻家のR、詩人のH、画家のE……。彼らは皆、世間では天才と呼ばれています。しかしそれだけでは足りません。彼らは耳石に込められた物語を感じ取り、それぞれの方法で表現した芸術家たちです。神様が水中の生き物の、耳の奥にそっと忍ばせた小さな石。そこには神様の声がしみ込んでいます。つまり彼らは、神様の声を聞くことができる人々、というわけなのです。

サリンジャーが聞くことを許されたのは、もちろんバナナフィッシュの耳石です（海亀、雷魚、鰈、飛び魚……。それぞれ芸術家によって水中生物の種類も決まっています）。シェフは掌に載せる、と言っていましたが、サリンジャーはどんな方法でバナナフィッシュの耳石から、隠された物語を引き出していたのでしょう。それは分かりません。とにかく、『キャッチャー・イン・ザ・ライ』も『フラニー』も『バナナフィッシュにうってつけの日』もすべて、バナナフィッシュの耳石から生まれた小説です。それは間違いありません。

その事実は私共をがっかりさせたでしょうか？ 自分たちの愛した小説はサリンジャーが書いたのではなく、あらかじめ耳石に書いてあったのだと知って失望したでしょうか？ いいえ、とんでもない。全くその逆です。人間の頭脳など置き去りにした無限の世界の物語を（何せ神様の声ですから）、書き写すことのできるサリンジャーに、更なる尊敬の念を抱き、私共がこれまで捧げてきた愛が、一挙に報われたような喜びを感じたのでした。

ここでどうしても避けられない一つの疑問がわき上がります。なぜサリンジャーは書けなくなったのか。これまでも散々この問題については議論がなされてきました。あらゆる仮説が立てられてきました。けれど今、そのすべてが的外れであったことがはっきりしました。バナナフィッシュの耳石が手に入らなくなったために、サリンジャーは小説が書けなくなったのです。

ここからは私共の勝手な想像ですが、サリンジャーは若き日、ふとしたことからバナナフィッシュの耳石を手に入れたに違いありません。そしてそこにとんでもない発見をしたのです。こうして彼の作家人生はスタートしました。ところが残念なことにバナナフィッシュは大変に珍しい魚です。そう簡単に手に入る種類の魚ではありません。ましてその耳石となれば、なおいっそうです。

彼の私信を研究している会員によりますと、サリンジャーは定期的にスイスのとある私書箱に手紙を書き送っています。表面上は財務管理の事務的な手紙らしいのですが、文面にどこかしら不自然な匂いを感じるようです。もしかするとこれが、バナナフィッシュを求めるための手紙だったかもしれません。アフリカのどこかの漁師組合、あるいは南米のとある大学の水産学部教授……。分かりません。とにかく、生息域に工場廃水でも流れ込んだのか、地球温暖化で水温が上昇したのか、バナナフィッシュは姿を消してしまいました。

ああ、サリンジャーに割り当てられた水中生物がもっとありふれた種類だったらどんなにいいだろう、と何度思ったか知れません。例えば、イワシや、マグロや、エビだったら、きっと今でも私共は、サリンジャーの新作を毎年のように楽しみに待つことができたでしょうに。

どうかお願いいたします。バナナフィッシュの耳石を探してきて下さい。それさえ手に入れば、サリンジャーはまた小説が書けるのです。利己的な目的でないことは、お分かりいただけるはずです。私共の願いは一つ、サリンジャーの小説を読みたい、ただそれだけなのです。

以上、長々と失礼いたしました。

時節柄益々ご自愛のほど祈念し、まずは書面を以ってお願い申し上げる次第でございます。

敬具

追伸　私共の予測するところでは、バナナフィッシュは洞窟の湖に生息しているのではと思われます。捕獲の際には、くれぐれも縄梯子をお忘れにならないよう、老婆心ながら付け加えさせていただきます。

納品書

text by
クラフト・エヴィング商會

今回こうして御依頼にお応えするまでのあいだに、じつに悩ましく愚かしい紆余曲折がありました。というのも、調査の初期段階において、とんでもない誤算があったのです。

我々が最初に入手した情報によれば、アジアのとある地域で、バナナフィッシュの「ある部分」からつくられたキャンディがごく普通の駄菓子屋で売られているとのこと。おそらく眉唾ものであろうと当初は重視していなかったのですが、そもそも、バナナフィッシュなる魚の存在自体がなかなか確認できず、にもかかわらず、その地域ではきわめて日常的にバナナフィッシュを食しているという噂まで伝わってきました。この噂を確認している間、世界中のアンダー・グラウンド市場に探りを入れてみたのですが、この魚はじつに網の目をかいくぐるのが巧妙で、魚影らしきものを捉えても、次の瞬間には、情報の闇の中へ姿をくらましてしまいます。

一方、アジア方面の情報と噂はしだいにその尾ひれが厚みを増し、とりあえず、調査に赴くしかないという結論に至りました。その時点では他にこれといって打つ手がなかったのです。

ここでは名を伏せますが、誰もが知るアジアのとある国の都市近郊で噂のそれは売られていました。噂どおり菓子のようで、子供たちが自分の小遣いで買い食いをしている姿が目につきました。日本円に換算してわずか五円程度のキャンディです。

結論から申し上げますと、これはただの駄菓子でした。どのような入れ知恵があったのか想像もつきませんが、さしずめ、大学生のときにサリンジャー氏の文学に触れた商人が、菓子の名を思いつかず戯れに付けたのでしょう。これで数か月を無駄にしてしまいました。

どうにか、その尻尾を捕まえたのは、なんとニューヨークの下水管の中です。自称「バナナフィッシュ獲りの名人」を謳うRという男が知人を通じて手紙を送ってきました。彼によると、「バナナフィッシュは皆が思うほど稀少な魚ではない。奴らはマンハッタンの地下深くにナマズのように棲息している」とのこと。

「俺はこれまでに何百匹ものBF（と彼はそう書いていました）を捕まえてきた。これは秘密の話だが、ある国のある調査機関が欲しがっていて――」

その「調査機関」の連絡先を聞き出すために、さらにまた一か月を要しました。そして遂に、その「機関」――すなわち「BF＊＊＊＊」との交渉に漕ぎ着けたのです。

彼らとの交渉を重ねるうち、ふたつの重要なポイントに気付きました。ひとつは、たしかにバナナフィッシュには耳石があり、その神秘の解明にはまだ時間がかかるであろうこと。そしてもうひとつは、彼らがサリンジャー氏に何の関心もないことでした。彼らの探求は単純に「ＢＦ」の神秘のみに注がれ、サリンジャー氏は単に「ＢＦ」の神秘を「ほのめかした一人にすぎない」と見なしているようです。

簡潔に御説明いたします。

今回、我々が入手した品は、「ＢＦ＊＊＊」が半世紀以上に亘って製作を重ねてきた「バナナフィッシュ成熟判定ボード」なるものです。このボードには二十もの小さな壜が納まっていて、この小壜の中に貴殿が探しておられる「バナナフィッシュの耳石」が眠っています。

眠っている、というのは決して比喩ではなく、壜の中の耳石はいずれもまだ完全な成熟を迎えておりません。成熟の度合は壜の中の液体の色の変化によって判定され、ボードには液体の色を測定するためのカラーチャートが付いています。このカラーチャートによれば、耳石が最高の成熟を示す日――それはたった一日しかありません！――を〈Perfectday〉と明示しています。

75
バナナフィッシュの耳石

ここから先は我々の推測ですが、おそらくサリンジャー氏は何らかのルートを使ってこの「成熟判定ボード」を入手したのでしょう。

では、近年においてはどうであったか——これには何ともお答えしかねますが、「BF＊＊＊」のメンバーが示したサリンジャー氏への評価から察するに、この数年、いや、数十年は少なくとも直接の取引きはなかったようです。

ですが、かつてのサリンジャー氏が、このボードを創作の場に持ち込んだ可能性はかなり高いと思われます。

我々の耳に馴染んだあの『バナナフィッシュにうってつけの日』(A Perfect Day for Bananafish) という表題は、おそらく、このボードをヒントにして付けられたのではないか——そんな想像ぐらいは許されるのではないでしょうか。

受領書

text by
小川洋子

謹啓　新緑の候、御社におかれましては、ますますご隆盛のこととお慶び申し上げます。

　このたびはご迷惑も顧みず、手前勝手な注文をいたしまして申し訳ございませんでした。本日無事、「バナナフィッシュ成熟判定ボード」一個、受領いたしました。誠にありがとうございました。

　お手紙から察するに、多大なるご苦労をお掛けした模様、心苦しい限りです。

　さて、ここで一つお詫び申し上げなければならないことがございます。注文書を送らせていただいた先代の会長が、とある事情により解任となり、先月新しい四代目の会長が就任いたしました。本来でしたらこの新会長よりお礼状を差し上げるべきところ、庶務係の私がこうしてしゃしゃり出るような失礼な事態に陥っております。クラブ内のお恥ずかしい内輪もめのために、クラフト様がご不快な思いをされているのではと気が気ではございません。どうかお許し下さい。

クラブ内を二分する梯子派とグライダー派につきましては、既にご存知かと思います。そしてお察しのとおり、新会長はグライダー派の急先鋒なのです。梯子派の重鎮として長くクラブを治めてきました前会長が去り、勢力地図が塗り替えられ、それまで発言力の弱かった若者中心のグライダー派が一気にのし上がってきました。前会長のサリンジャーに対する威厳ある尊敬の念によって保たれていたクラブの均衡が、音を立てて崩れてしまったのです。

もちろん私はクラフト様よりお送りいただいた「バナナフィッシュ成熟判定ボード」をすぐさま新会長の許へ届けました。これは我がクラブの貴重な宝であり、サリンジャー研究の道を切り開く新たな灯であります。ところがあろうことか新会長はボードにちらりと目をやったあと、先方に送り返すように、と言い放ったのです。これはあくまで前会長の独断で注文された品であり、新体制となった現段階で自分はその必要性を感じない。帳簿を見る限り不正支出の疑いもある。受け入れるかどうか理事会の議題として取り上げれば、前会長の名誉を傷つけることにもなろう。よってこっそり送り返してしまえばよいのだ……というのが新会長の言い分であります。

どうかお気を悪くなさらないで下さい。新会長がそのような態度を取るのは、決して「バナナフィッシュ成熟判定ボード」の価値を認めていないからではありません。むしろその正反対です。素晴らしい発見だと認めざるを得ないからこそ、邪険に扱ってしまうのです。つまりは、梯子派が解読したイヤー・ストーンズ、バナナフィッシュの耳石に対する怖れ、あるいは嫉妬なのです。

恥ずかしながらクラブ創設以来五十年にわたり、庶務係として歴代の会長に仕えてきました私の目から見まして、新会長はまだ発展途上にあります。確かにサリンジャー文学についての知識は幅広いものがございますし、資金調達の手腕や広報のアイデアなどの面では非凡な能力を発揮しています。しかし残念ながら、会長としての器の小ささはいかんともし難いものがございます。

名誉のために申し上げておきますが、新会長を含め我がクラブの会員たちは実に真摯にサリンジャー作品と向き合っております。作品の一行一行に深い敬意を払っております。ところが時にその思いが強すぎるあまり、自分一人だけに注がれる特別な愛を求めてしまうのです。誰からの愛か。もちろんサリンジャーからの、です。

新会長はバナナフィッシュの耳石を、あたかもサリンジャーが前会長だけにそっと耳打ちした秘密のようにとらえてしまったのでしょう。愛を求める時、嫉妬ほど厄介な邪魔者はありません。恋人に求める愛であろうと、直接会ったこともない一人の作家に求める愛であろうとそれは同じです。クラフト様もそうお思いになられませんか?

ここまで恥をさらけ出しましたついでに、と言っては何ですが、前会長が解任されたいきさつについてもご説明申し上げておきます。実は行方不明になったのです。クラフト様に注文書をお出ししてから二か月ほど過ぎた頃だったでしょうか。第三水曜日の定例会が終わり、いつものようにクラブの集会室の地下駐車場に停めた自家用車で夜の街に走り出ていって、そのまま行方知れずです。自宅にも会社にも（前会長は食品添加物の製造工場を経営していました）姿を現しておりません。家族をはじめ従業員たちも皆心配し、警察に捜索願が出されましたがいまだに手掛かりは見つかっていません。置手紙の類はなく、家庭や仕事上のトラブルもなく、もし何か原因があるとすればクラブに関わることではないかと夫人は疑っている様子です。しかし我がクラブからすれば、クラフト様との出会いによりバナナフィッシュの耳石問題が大きく進展し、前会長は希望に胸をふくらませていたのです。クラフト様からの回答を待たずに姿を消すなど考えられません。

ただ一つだけ気に掛かるのは、クラブの倉庫にあった縄梯子が消えている点です。これはそのあたりの店で売っているごく普通の品ですが、梯子派のメンバーが作品解読の際、より深くサリンジャーの世界へ降りてゆくための象徴的なお守りとして所有していたものです。梯子派の会合の折り、壁に垂らしていたようです。これがどこにも見当たりません。おそらく前会長が持ち出したのでしょう。

ここでさらに、引っ掛かってくる問題があります。クラフト様のお手紙にありました、アジアの駄菓子屋で売られているという、バナナフィッシュのある部分から作られたキャンディです。実は前会長が経営している会社は主に、菓子への添加物を製造しているのです。もしかすると前会長は、クラフト様とはまた別のルートから、このキャンディの情報を得たのではないか、と私は考えました。ルートと時期は違えど、クラフト様と前会長はバナナフィッシュの耳石を求めて似たような場所をさ迷っていたのでは……と。だとすれば、縄梯子はマンハッタンの下水管に降りるために必要だったに違いありません。

今頃前会長は地下のどのあたりにいるのでしょう。無事「バナナフィッシュ成熟判定ボード」が手に入ったことをどうやって伝えたらいいのでしょう。

結局前会長は、責務放棄ということでグライダー派から追放されてしまいました。あれほどサリンジャーを愛し、サリンジャー作品から愛された人はいないはずですのに、全く痛ましいことです。もともとグライダー派の陰謀ではなかったのか、との噂さえ出ています。私はただ、途方に暮れるばかりです。

「バナナフィッシュ成熟判定ボード」は私が秘密のルートを使いまして、間違いなくサリンジャーの手元に届けます。それだけは固くお約束します。私は梯子派でもグライダー派でもない平凡な一庶務係に過ぎませんが、サリンジャーの新作を待ち望む気持の熱さだけは他の誰にも引けを取りません。見たところ、一つ二つ、成熟に近いと思われる壜がございます。早い方がよいでしょう。近々これを持ってアメリカへ旅立つ予定です。前会長の行方についても、何か手掛かりがつかめればと、淡い期待も持っております。秘密のルートとはどういうものなのか、その点はご安心下さい。私も伊達に五十年、庶務係をしてきたわけではございませんから。

サリンジャーの新作が書店に並ぶ日、それがクラフト様のご尽力が真に報われる日です。その時を楽しみに待ちたいと思います。

クラフト様が見つけて下さったのは、単なるボードではなく、希望の時間です。そのことに、改めて感謝申し上げます。本当にありがとうございました。

乱筆乱文にてご容赦下さい。

ご自愛のほど、念じております。

敬具

追伸　最近、グライダー派の動きを見ておりますと、ライ麦の穂に潜む秘密の解読に成功した気配があります。もしクラフト様に新会長から何か注文が入るようなことがございましたら、誠に勝手ながら、お断りになっていただけないでしょうか。ご商売の邪魔をするつもりは毛頭ございませんが、サリンジャー関係の注文に深く関わりすぎると、どこか危険な気配が漂ってきそうで、落ち着かないのです。あくまでもクラフト様の安全を考えてのご提案です。決して嫉妬からではありません。その点、念のため。

case

3

貧乏な叔母さん

「貧乏な叔母さんの話」村上春樹

craft ebbing & co.

注文書

text by
小川洋子

クラフト・エヴィング商會　御中

拝啓

初めてお手紙差し上げるご無礼、お許し下さい。果たして、文書による注文を聞き入れていただけるものかどうか、確信が持てないままに筆を執っています。

本来でしたらそちらへ伺うのが筋ではありますが、日頃から人様と接するのを苦手とし、直接お目に掛かって適切に事情をご説明する自信がなく、こうして手紙にて失礼している次第です。

ただ一言だけ付け加えさせていただくと、僕の家には十年間、毎日十通の便りを出し続けても使い切れないほどの便箋、封筒、葉書の類がストックされており、またそれらに合わせ、あらゆる種類の図柄の切手が揃っています。思い付いた時、手をのばせばいつでも、好きなだけ手紙が書ける家なのです。その理由は、僕の祖父が郵便配達人であったからです。

去年の秋、風の強い晩に、祖父は自室のベッドに伏して死にました。七十になったばかりでした。そこが彼の生涯において、最も親しみ深い場所であったことが、せめてもの慰めです。

僕は四つの時から十九年間、祖父と二人きりで暮らしてきました。なぜか僕の一族は、引っ込み思案というのか諦めが早いというのか、せっかく登場してきても、あっさり退場してしまう人が多く、結果として舞台に残っているのは、いつもごく少数なのです。

祖母は僕が生まれる前に結核で亡くなっていました。その一人娘である母は、歳の離れた国家公務員と恋仲になり、僕を産みましたが、国家公務員には家庭があったため、一緒には暮らせませんでした。赤ん坊の頃には時々、おもちゃを持って会いに来たようですが、ほどなく母が海水浴場で溺れ死んでからは、音信不通となりました。こうして祖父と僕だけが、取り残されたわけです。

祖父はよく頑張りました。妻と娘に先立たれる悲しみがどのようなものか、僕には予想もつきません。本当は自分だって早めに引っ込みたいと願ったかもしれないのに、孫を育て上げるため、七十になるまでどうにか踏ん張ってくれたのですから。

卵焼きとタコ型ウインナーの入ったお弁当を作るのも、上履き入れの巾着袋に飛行機のアップリケを縫い付けるのも、PTAの当番で学校の花壇に水をやるのも、祖父でした。インフルエンザの看病も、散髪も、キャッチボールの相手も、祖父がやりました。

物心ついた時からずっとそうだったので、二人きりの生活を淋しく思ったことはありません。時折、母の写真を出してきて(父の写真は一枚もありませんでした)、昔の話をせがんだりもしましたが、それも淋しさを紛らわせるためではなく、「ぼくのお母さん」という作文の宿題を片付けるため、必要に迫られて、といった具合でした。

今でも心に残っている祖父の姿が二つあります。一つは、制服を着て、自転車にまたがり、郵便を配達している姿です。近所の公園で遊んでいる時、仕事中の祖父を見つけると、急いで追い掛けたものです。普段のくたびれたパジャマ姿とは違う、あの素晴らしい制服。胸のワッペンは勇ましく、りりしい帽子は禿げた頭頂部を覆うだけでなく、顔に深みのある陰影をもたらし、ボタンは日の光を受けてきらめいている。自転車の前にぶら下げられた革製の鞄には、あふれるほどの手紙が詰まっているが、祖父はその一通一通を、正しい場所へ、それを待っている人の手元へ、届けることができる。キーッというブレーキ音を高らかに響かせながら、一軒の家の前に止まり、慣れた足さばきでスタンドを立て、一通の封書を、あるいは葉書を、郵便受けの中に差し込む。郵便受けのロがパタンと閉まるその音の名残が消えないうちに、もう次の家目指しペダルをこいでいる。

「あっ、手紙が来た」

家の中にいる人は皆、そうつぶやきます。祖父の到来は、どんな人にも、ささやかな期待をもたらします。

そしてもう一つは、自室のベッドで本を読んでいる姿です。腹ばいになって、あぐらをかいて、横向きに寝て、本を読む姿です。

祖父が建てたのは小さな家でした。最初から僕たち一族の退場の素早さを見越していたかのような小ささです。よって祖父の部屋も六畳ほどの広さしかないのですが、西向きの小窓部分を除き、四方の壁全面が天井まで届く作り付けの本棚になっていて、そこにびっしり本が詰まっているのです。部屋の真中に置かれたベッドに横になれば、どちらを向こうとも必ず、本が目に入ります。手が届かない高いところの本は、竹を細工して特別に手作りした、長い長い孫の手（僕たちはそれをキリンの孫の手と呼んでいました）で引っ掛けて取り出す仕組みになっています。

夕方仕事から帰ってくるとまず祖父は、ヤカンをガスレンジに掛けます。湯が沸くまでの間、洗濯物を取り入れ、食卓の上を片付け、足にじゃれつく僕のお喋りに耳を傾けます。ヤカンがピーピー鳴りだすと、そのお湯で野菜を茹で、味噌汁を作り、弁当箱を洗います。万事がこの調子で手際よく進められてゆくのです。

晩ご飯を食べ、お風呂に入れば、あとはもう二人一緒に頭から湯気を出しながら、ベッドに潜り込むだけです。祖父は枕元に置いてある読みかけの本を手に取り、

「さてと……」

と言ってページを開きます。その一言には、無事に終わろうとしている一日に対する、安堵と感謝の気持がこもっていました。

傍らで僕も絵本や図鑑を開きますが、あっという間に眠くなってしまいます。丸めた背中からは祖父の体温が伝わり、半分乾きかけた髪の毛には吐息が掛かります。二人の間に漂うのは、ただページをめくる音だけです。その音が舟のように、僕を眠りの国へ運んでゆくのです。

次の朝目覚めると、僕は自分の部屋のベッドに入っていました。あれ、おかしいなあ、お祖父ちゃんのベッドにいたはずなのになあと思う瞬間の、あの不思議な感じが好きでした。寝ている間に本の中の遠い国を旅してきたような気分になれるからでした。祖父はもうとっくに起き出して、朝ご飯の用意をしています。

祖父が読む本の種類は多岐にわたっていました。古典、随筆、評伝、純文学、ハード

ボイルド、詩集、時代小説、文学評論、闘病記……何でもあります。読書サークルに入ったり、自分でも何か文章を書いたり、ということはなかったようです。とにかく、本を読むのが好き、ただそれだけの人でした。

祖父のベッドに潜り込むには大きくなりすぎてから以降も、僕たちの生活にさほどの変化はありませんでした。ちょうど中学を卒業した年、祖父は郵便配達人を定年になりましたが、引き続き嘱託として郵便配達の業務に携わり、多少老いたとはいえ、昔のままに制服を着こなしていました。僕が家事を分担できるようになってからは、読書の時間は格段に増えました。

真夜中、そろそろ寝ようかという時分、祖父の部屋からまだ明かりが漏れているのに気付き、よくドアの隙間をそっとのぞいてみたものです。たいてい見えるのは背中でした。少し曲がった、骨の浮き出た背中の表情だけで、今読んでいるその本に、祖父がどれだけ熱中しているか、よく分かりました。そしてしばらく、ページをめくる音に耳を澄ませたあと、自分のベッドへ向かうのでした。

祖父が死んでいるのを見つけたのも、そんな真夜中でした。いつもと何も変わらないように見えました。痩せた背中、足元に丸まった毛布、電気スタンドの光。しかし、いくら待ってもページをめくる音は聞こえてきません。本は祖父の手を離れ、床に落ちていたのです。

遠からずこういう日が来ると、覚悟はしていました。何せ祖父は僕より四十七も年上なのです。先に逝くのが当然なのです。しかし、覚悟していたことと、実際に直面しなければならなかった現実との間には、大きな落差がありました。僕はその落差に足をすくわれ、深海の谷に沈んでいったのです。

何をする気にもなれず、誰と会うのも億劫で、一日中家に閉じこもっていました。半分まで書いていた卒論は放り出したまま、大学からの呼び出し状も封を開ける元気さえなく、とうとう留年が決まりました。

不在を確認するのがたまらなく怖いくせに、祖父の温もりに浸りたい気持に勝てず、毎晩幼い頃のようにベッドに潜り込んでは泣いている。その繰り返しです。一番辛いのは、泣いているうちに眠ってしまい、次の朝目が覚めて、自分が昨夜と同じ祖父のベッドにいるのに気付く瞬間です。眠っている間に本の中の遠い国へ連れて行ってくれたお祖父ちゃんは、もういないのです。

そんなある日、貧乏な叔母さんがやって来ました。祖父の死から一か月半ほどたった頃の話です。

もちろん最初から、それが貧乏な叔母さんだとは分かったわけではありません。何しろ彼女は予告もなく、呼び鈴も鳴らさず、「失礼します」の一言もないまま、いきなり僕の背中に乗ってきたのですから。

「一体あなたは誰なんです？」

あまりの不躾なやり方に、僕は腹を立てて言いました。

「私が誰かとお尋ねですか？　ええっと、それならば……あっ、あったあった。これをお読みなさい」

彼女はベッドの脇に立て掛けてあったキリンの孫の手をつかみ、慣れた様子で本棚から一冊を引っ張り出しました。村上春樹の短編集でした。

「その中の二番めの短編、『貧乏な叔母さんの話』に、私のことはあらかた書いてあるから」

僕は村上春樹の短編集を手にし、次に言うべき言葉が浮かばず、ただ涙が出そうになるのをこらえていました。祖父が死んで以来、本には一切触れていませんでした。どんな一冊であれ、祖父の面影が深く刻み込まれている本を、開いてみる勇気がなかったのです。なのに突然登場した貧乏な叔母さんが、引き出しから靴下を取り出すように、いともたやすく、本を僕の前に差し出してきたのです。

不意をつかれる形でした。僕の唇は震えていたかもしれません。その本には祖父の手垢も、祖父の付けた折り目も、残っていました。顔を寄せれば、祖父の匂いさえかげたでしょう。

「いい小説よ」

僕の気持も知らずに叔母さんは呑気なものです。

「私はね、村上春樹が大好きなの」

そう言いながら、開いたページをどんどんこちらに近付けてきます。その強引さに抗議するだけの気力もなく、もちろん本を払いのけるような乱暴もできず、僕は一つ深呼吸をしました。それからゆっくりと、『貧乏な叔母さんの話』を読みはじめました。背中に、貧乏な叔母さんを背負ったまま。

彼女の言ったことは嘘ではありませんでした。その小説を読んで、貧乏な叔母さんがどのような人であるか、大体の概略はつかめました。

小説の語り手〝僕〟は、今の僕に比べれば多少は幸運のように見えます。友人と一緒に酒を飲み、家には猫を飼っていて、気持ち良く晴れ渡った日曜の午後にデートする、彼女だっているのです。

そんな〝僕〟の背中に、八月のある日、貧乏な叔母さんが貼りつきます。音もなく、ひそやかに、しかしぴったりと貼りつくのです。そこのところは、僕と同じです。「そうそう、そのとおりだ」と、思わず口走ったほどでした。

〝僕〟は、背中の叔母さんが見る人の心象によって形を変えることに気付きます。ある人にとっては、食道ガンで死んだ秋田犬であり、また別のある人にとっては、小学校の時の女教師です。ただ〝僕〟自身は、彼女の姿を見ることができません。貼りついた場所が背中なのですから、仕方ありません。

やがて〝僕〟は貧乏な叔母さんを背負った珍しい男として、雑誌に載ったり、テレビのモーニング・ショーに出演したりするようになります。そこで一生懸命、貧乏な叔母さんがどういう存在なのか説明しようとするのですが、誰にも分かってもらえません。無責任な他人たちは、さんざん的外れな質問をして言いたいことを言ってしまうと、すぐに興味を失います。あとには沈黙が、〝僕と貧乏な叔母さんが一体化してしまったような沈黙〟が、残るばかりです。

「つまりあなたは、貧乏な叔母さんなのですね」

自分の背中に向かって喋るというのは不便なものだと思いながら、僕は尋ねました。

「ええ、そうですよ」

自信たっぷりに彼女は答えます。更に、本を閉じようとする僕を制し、

「他の短編も読みなさい。それにはまだまだいい小説がいっぱい載っているのだから」

と、まくし立てるのでした。

こうして僕と貧乏な叔母さんとの生活が始まりました。

小説の中の〝僕〟も言っているとおり、背中の感触は不快ではなく、重さもさほどではありません。基本的に不便は感じません。ただ、背中に彼女がいる、という実感は常にあります。

菓子パンをもそもそかじっていると、

「もっと栄養のあるものを食べた方がいいわよ」

と言います。縁側に座ってぼんやりしている時には、

「こんなに天気のいい、散髪にうってつけの日は、滅多にありませんよ」

と言います。

「いいえ、いいんです」

気のない僕の返事を受けて、まだ彼女は何かぶつぶつ言っています。とにかく、お節

介な人なのです。

どうせなら、僕がもっと小さかった頃、お祖父ちゃんが苦労していた時代にやって来て、炊事くらい手伝ってくれたらよかったのに。いくら貧乏とはいえ、叔母さんなんだから、幼稚園の弁当くらいは作れるだろう……などと、声に出さずに嫌味を言ってみたりもしますが、あちらはお構いなしです。

僕が祖父のベッドに横たわり、悲しんでいる間も、もちろん彼女はそこにいます。泣きながらも僕は、彼女を押しつぶしてしまってはいけないと、できるだけ仰向けにはならないようにしています。

「お祖父ちゃんがどんな人だったか、あなたは知らないんだ」

枕に顔を押し当てて、僕は言います。

「いいえ。この本たちを見れば、お祖父さんがどんな人だったかくらい、私にも分かります」

相変わらず自信家です。

「本のタイトルからだけじゃなく、並び方、表紙のくたびれ方、帯のずれ方、あらゆる本たちの表情から伝わってくるのよ。あなたのお祖父さんの姿が。どんな本を読んできたか、それはその人の人生を映す鏡です」

彼女は一つ咳払いをしました。

「それにあなたの泣き声が、あなたたちお二人の関係を如実に表しているじゃありませんか」

僕はあふれてくる涙を枕カバーで拭いました。それはもうすっかり黒ずんでいました。耳元に顔を寄せてくる気配がしましたが、もちろん姿は見えません。耳たぶがほんの少し温かく感じるだけです。

「さあ、本を読みなさい」

貧乏な叔母さんは言いました。

「ここにある本全部。お祖父さんが残していった本全部」

「辛すぎて読めません」

我ながら僕の声は情けないものでした。

「涙に濡れた瞳でも、本は読めます」

それに引き替え、貧乏な叔母さんの口調の、何と毅然としていることでしょうか。彼女はキリンの孫の手をつかみ、あらかじめ練習してきた手順をなぞるように、一切の迷いなく本を一冊抜き取って、僕の前に差し出しました。

「さあ、読むのです」

それから僕たちは毎日、祖父のベッドで本を読みました。正確には、彼女はただキリンの孫の手を操るだけで、実際に本を読んでいるのは僕だけです。けれどそこには、一緒に一つのことをしているという一体感がありました。もっとも、これだけ体が密着しているのですから、当然と言えば当然なのかもしれませんが。

古代ギリシャの哲学者、東ベルリンの詩人、南インドの数学者、夭折の美人小説家……。叔母さんの本の選び方にルールはありません。自由自在にキリンの孫の手を引っ掛けてゆきます。ロシアの戯曲、写真家の旅行記、宗教学者の自伝、アイルランドの恋愛小説、アメリカ開拓時代の料理本……。次から次へと本は出てきます。

トイレに行く以外、僕は一日中ほとんど祖父のベッドを離れませんでした。朝目覚めると枕元の本を開き、読み終わって一つため息をつく間に、絶妙のタイミングで叔母さんが次の本を取り出します。叔母さんは余計な口を挟まず、背中で大人しくしています。遠い昔、子供の僕がそうであったのと同じように、背中越しにページをめくる音に耳を澄ませています。いつの間にか日が暮れたのにも気付かないでいると、そっと紐を引っ張り、電気を点けてくれます。

本を読んでいる間も、決して悲しみが消え去ったわけではありません。それは祖父が死んで以来ずっと変わらず、僕の胸を塞いでいます。粗筋を話して聞かせてくれた本や、幾日も枕元に置いて撫でるように感動をかみしめていた本に再会すると、祖父の顔がありありと蘇って、またすぐに涙がこみあげてきます。余白に祖父の書き込みを見つけたりすると、もう駄目です。今となっては解読不可能になった暗号を前にして、仲間を救出できない兵士のように、絶望してしまいます。

しかし、貧乏な叔母さんが言ったことは本当でした。確かに、涙を流しながらでも、本は読めるのです。祖父が旅したのと同じ世界を、僕もたどれるのです。いくら僕が辛い思いをしたとしても、その世界を旅した時の祖父の喜びはいささかも翳りません。それどころか、追悼の光を浴びて、もっと鮮やかに輝きだすのです。まるで、郵便配達人の制服のボタンのように。

一体、何冊の本を読んだのでしょう。僕はすっかり貧乏な叔母さんを背負う体勢に慣れ、本を出し入れする二人の呼吸もぴったりと合うようになっていました。とうに秋は去り、冬の盛りも過ぎようとしている頃でした。貧乏な叔母さんは静かに僕の背中から、去ってゆきました。

貼りついた時同様、予感も挨拶もありませんでした。ほんのささやかな合図さえ、送ってはくれませんでした。背中に手を回してみなくても、そこにはもはや誰もいないのだと、僕は悟りました。ただキリンの孫の手が、叔母さんが現れる前と同じ場所、ベッドの脇に、まるで何事もなかったかのように、立て掛けられているだけでした。

お願いします。貧乏な叔母さんを探して下さい。読んでいない祖父の本はまだたくさん残っています。祖父以外で、彼女ほど上手にキリンの孫の手を扱える人はいないでしょう。一人の淋しさを彼女で紛らわせようなどという、安易な気持からお願いしているのでは決してありません。祖父を悼み、一緒に祈る相手として、僕には彼女が必要なのです。制服のボタンに光を当ててくれるのは、貧乏な叔母さんだけなのです。

勝手ばかりで申し訳ありませんが、以上のような事情、汲み取っていただければ幸いです。尚、失礼ながら申し込み金として、郵便為替を同封いたしております。不足分は、追ってご請求下さいますよう、お願い申し上げます。

最後になりましたが、貴商會のますますのご繁栄、お祈りいたしております。

敬具

納品書

text by
クラフト・エヴィング商會

その封書は、一見、何の変哲もない様子で、当商會の郵便ポストに入っていました。差出人を確認すると、東京都杉並区成田南、夏木純一郎とあります。お名前に覚えがありません。しかし、当商會には覚えのない方から沢山の依頼をいただいておりますので、何ら不思議なことではありませんでした。

封を切ってみると、長文の手紙が——。

やはり依頼の手紙でした。大変な難問で、人を探してほしい、ある日、とつぜんいなくなってしまった人を。しかも、その人というのが、「貧乏な叔母さん」だというのですから——。私たちは最初、その難しい依頼に頭を抱え、どのような方面に探りを入れたらいいのか、はたして「貧乏な叔母さん」とは何者なのか、いつの時代から存在しているのか、と様々な文献をひもとき、叔母さんの行方のヒントをもとめていました。しかし、どうしてもつかめません。

クラフト・エヴィング商會の先代である祖父がよく言っていました。行き詰まったときは最初に戻ると答えが見えてくる、と。

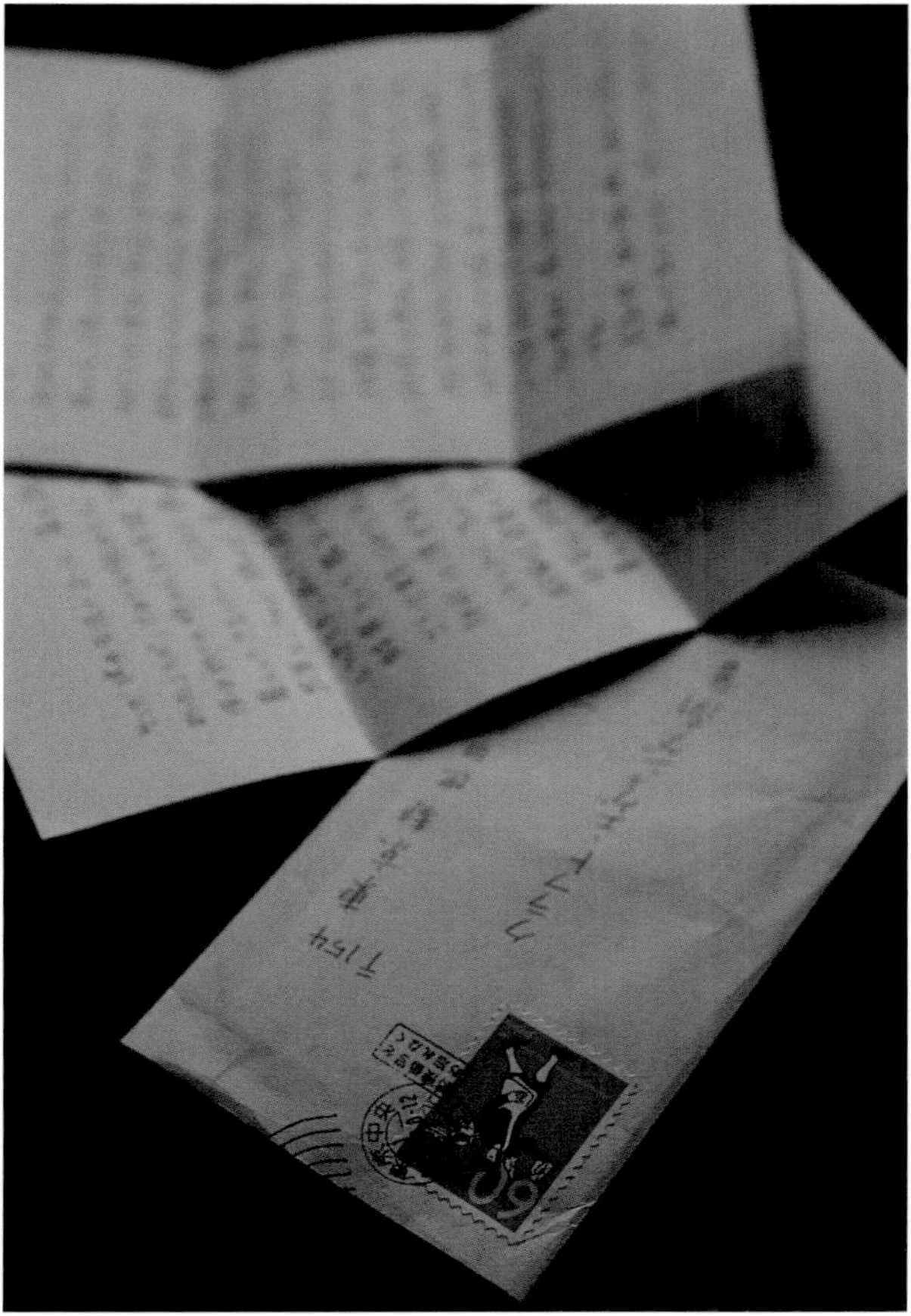

先代の言葉を思い出したのは、依頼人の祖父——郵便配達人でいらっしゃったおじいさまの様子が、どことなく、いまは亡き先代に似ていたからです。

しかし、戻るべき「最初」とは何だろう、と腕を組んで依頼の封書をあらためて眺めるうち、それまでまったく目に留めていなかった封書に貼られた「切手」に、はっとなりました。その切手に覚えがあったのです。

数年前、ある雑誌の依頼で、「一年後の未来の自分に手紙を書くためのレターセット」なるものをつくったことがあります。未来への手紙といっても、雑誌の読者から編集部に送られてきた手紙を保管し、一年後に郵送する、というきわめて簡単な仕掛けでした。ただ、それが特殊なものであることを強調するために、クラフト・エヴィング商會特製のレターセットをつくったのです。

その企画に際し、私たちはかつて先代が計画していた「時間差郵便」を思い出しました。これは晩年の先代が秘密裡に準備し、しかし、とうとう念願を果たせぬまま終わった独自の郵便システムでした。実現しなかったゆえに、詳細は不明なのですが、先代が遺した計画書を見る限り、「時間差」の名のとおり、現在とは別の時間へ郵便の送付を可能にするという画期的なもののようです。計画書と共に、サンプルの専用切手と専用封筒がありました。それで私たちは、前述の雑誌の企画に、先代のアイディアを流用し、「時間差郵便」の名のもと、サンプルの切手にあしらわれた先代考案のマークらしきものを使用しました。そのマークが——いえ、マークだけではなく、まさに先代が遺した切手とまったく同じものが、夏木さんの依頼の封書に貼られていたのです。

驚いて、仔細に観察してみますと、なんと、消印が１９８５年1月10日となっています。いまからおよそ四半世紀前——二十五年前の消印です。

さて、いったいどういうことなのか。いま一度、依頼の手紙を読みなおしてみたところ、この依頼の手紙は夏木さんの祖父——郵便配達人であったおじいさまが遺していったものを使っているとのこと。となると、うちの先代と依頼人のおじいさまのあいだに何らかの交流があったのでしょうか。なにしろ、四半世紀前は、まだ先代が健在で、クラフト・エヴィング商會は先代が運営していました。

ということは――。ひとつの推理が立ち上がりました。

もしかして、夏木純一郎さんから届いたこの依頼の手紙は、消印が物語っているように、先代が夢見た「時間差郵便」によって、ここまで――二十五年後のここまで届いたのではないか？

となると、二十五年前に大学生であった夏木さんはいま何歳なのか――いえ、これは計算しなくても簡単に答えが出ます。というのは、私たちもちょうど二十五年前に夏木青年と同じような年齢であり、おそらく、彼と私たちはほとんど同い年ではないかと思われました。四半世紀。青年はすでに四十代を終えようとしているところでしょう。

＊

私たちの推理が間違いでなかったことは、ようやく連絡がとれて、夏木さんとお会いした途端、確認できました。

「はじめまして」の挨拶のすぐあとに伺うのは不躾だと思いましたが、我慢できずに「失礼ですが、いま、おいくつですか？」と訊ねると、「僕はいま四十九歳です」と彼は答えました。答えながら彼は何かをしきりに思い出そうとしている様子で、しばらく一人で頷いたり、首をかしげたり、また頷いたりを繰り返していました。

そして、こう言ったのです。

「僕はクラフト・エヴィング商會さんといつかお会いすることになるのだろう、と、ある日、気付きました。変な言い方ですが、つまり僕は今日という日が来ることを、あるときから知っていたんです」

「ええ、お手紙をいただきまして――」と私たちは言いました。

「はい。でも、お返事はいただけませんでした。もう二十五年も前のことです」

私たちは、「返事がなかった」という彼の言葉を聞いて複雑な思いになりました。彼としては、二十五年前にごくふつうに手紙を書き、まさか、おじいさんが遺した封筒と切手が「時間差郵便」専用のものだとは知らず、私たちからの――いえ、先代からの返信を待っていたのでしょう。

「ごめんなさい」と私たちは——知らなかったとはいえ——非礼を詫びながら、「あるいは、もしかしたら」と推理していたひとつの仮説を、彼の一言で引き下げるより他ないと肩を落としました。

私たちは、こう考えていたのです。

彼から届いた手紙が、二十五年の時を超えて「時間差郵便」を実現させたのなら、私たちの手もとに遺された先代の切手と封筒を使えば、二十五年前の彼に返信することができるのではないか——そう思っていたのです。

しかし、返事はなかった——と。

まぁ、それはそうかもしれません。そもそも、あの依頼にどう答えればいいのか。

いえ、じつを言うと、彼にこうして会おうと決めたのは、その答えを、二十五年後の彼から聞いてしまえばいいのではないか、と思いついたのです。

あなたは、この二十五年のあいだに、貧乏な叔母さんにもう一度会えたのか、会えないままだったのか、会えなかったのなら、どのように、自分の思いに見切りをつけたのか。二十五年前の彼が聞いて何らかの満足を得られるような答えを、二十五年後の彼であれば知っているのではないか。そう思ったのです。もし、彼がそれを語ってくれたら、その言葉をそのまま二十五年前の彼に、時間差郵便を利用して送り届ければいい。

しかし、私たちからの返信はなかった、と。

「あの」——と私たちは、それでも訊いてみようと思いました。「その後、貧乏な叔母さんに再会することはできたのですか」

「いいえ」と彼は短く答え、「でもね」と少し笑い、「手紙がきたんですよ、叔母さんから」と、思いもよらないことを口にしました。

「そちらに手紙を書いたあと、まもなくでした。差出人の名前が書いていない謎の手紙が届いて、なんだろうと封を切ってみたら、中からボタンがひとつ転げ出て、メモ用紙のようなものが折り畳まれて入っていました。開いてみると、たったひとこと、『さあ、読むのです!』と——。

『さあ、読むのです!』は叔母さんの口癖です。

僕はそれだけで、その手紙が叔母さんからのものだと分かりました。なにしろ、転げ出てきたボタンは、僕が大事に箪笥の引き出しにしまっておいたお祖父さんの制服のボタンで、あわてて箪笥を確かめると、いつのまにか、制服の二番目のボタンが引きちぎられていました。その制服をその引き出しにしまったことを知っているのは僕だけです。いいえ、僕と、僕の背中ごしに見ていただろう叔母さんと――

彼はそこでまた、何かを思い出そうとする顔になって話を続けました。

「僕は叔母さんのメッセージにしたがって、また本を読み始めました。叔母さんは、自分のことを知りたければ、村上春樹の『貧乏な叔母さんの話』に書いてある、と言っていました。だから、もういちど、じっくり読んだのです。

すると、貧乏な叔母さんには名前がない、と書いてありました。手紙の差出人が空白であったのも当然です。そして、僕はとても重要なことに気付いたのです。それは、貧乏な叔母さんが自分から離れて消えてしまったことに主人公の彼が気付くシーン、そのシーンの前にある、電車でのエピソードです。

そこで主人公は一人の少女とすれ違うのです。

いいえ、すれ違うだけではなく、その少女の肩にそっと手を置くんです。僕はそのシーンをなんとなく読み飛ばしていました。でも、もういちど読んだときに理解しました。叔母さんは彼女の背中に乗り換えたのだと。

これだ、と思いました。

つまり、叔母さんは言ってみれば天使みたいなものなんです。天から下界を見渡し、悲しんでいる者や迷っている者の背中にとりつき、彼や彼女が何らかの光を見出すまで見守ってくれる。まぁ、見守ると言っても、うるさく小言を言うだけなんですが——。

そしてある日、よし、こいつはもうOKとなると——ちなみに、それを判断できるのは叔母さんだけなんですが——君はもういい、とばかりに次の誰かの背中にとりつくんです。そういうことだったのか——と僕は納得しました。僕はもう叔母さんを必要としなくなった。そういうことだったんです。

で、それから二十五年、いろいろなことがありました。でも、そのすべてをいちいち話していたらキリがありません。ですから、これだけはお伝えしなくては、ということをこれからお話しします。

僕はいま、祖父の勤めていた郵便局で、祖父と同じ郵便配達の仕事をしています。まぁ、御覧のとおりで、今日は仕事の合間を縫って出て来たので、説明しなくても、この制服でお分かりいただけると思いますが――」

彼がそう言うのを聞いて、私たちは、なんとなく彼の制服の胸に光るボタン、それも上からふたつめのボタンに目が吸い寄せられました。

「ええ」

彼は私たちが何も訊いていないのに、そう言いました。

「そのとおりです。これは祖父の制服のボタンです。さっきお話しした二番目のボタンを、こっそり付け替えてあるんです」

そう言いながら彼は、どこからともなくハサミを取り出し、ボタンを縫い付けていた糸をためらうこともなく切ってみせると、それを親指と人差し指に挟んで、こちらに差し出しました。

「さぁ、どうぞ。お持ちください」

「え?」

彼は何も言いませんでした。

私たちも、しばらくのあいだ何が起きたのか理解できず、言葉もないまま、差し出されたボタンを手にして、じっと見ていました。

「どのような方法でそれを郵送するのか僕は知りません。僕はごく普通の郵便配達人ですから。でも、もしかして、祖父は違ったのかもしれません。そして、きっとあなた達も。あなた達なら、それを二十五年前の僕に送ってくださるでしょう。

いいえ、必ずそうなるんです。

だって、僕はそれを二十五年前に受け取ったのですから。

さっきも言ったとおり、手紙などは不要です。メモにひとこと『さあ、読むのです！』と書いていただければそれでいい。くれぐれも、差出人のところにクラフト・エヴィング商會などと書いてはダメですよ。そんなことをしたら彼は——二十五年前の僕は、自分の依頼にクラフト・エヴィング商會が答えてくれたのだと思ってしまいます。それではダメなんです。差出人は空白のまま。いいですね——。

先週、あなたたちから連絡をいただき、じつを言うと、僕も初めてこうしたことが起きるのだと気付いたんです。

それで、もういちど叔母さんにもらった手紙を見なおしてみたら、なんのことはない、ほとんど消えかかっていた消印を、郵便局員になった僕の目で見直すと、なんと、消印は2011年の9月じゃないですか。今月ですよ。ですからね、いいですか、早々に準備をしてください——いや、そんなことを言う必要もないんです。すでにもうそれは動かし難いこととして、僕をここまでこうして連れてきてくれたんだから」

彼はそこで少し言葉を選んでいるようでした。

「——二十五年前の僕は、本当に何ひとつ自信のない、未来に絶望ばかりしていた大学生でした。将来はどうなるのか。そればかり考えていました。こわかったんです。でもね、僕は本当にあのときのあの叔母さんに救われました。おかしなことです。こうして考えてみると、あのときの僕は、未来の僕に救われたわけですから」

受領書

text by
小川洋子

前略
先日はお忙しいなか、わざわざご足労いただきましてありがとうございました。クラフト様にお目にかかれましたこと、本当にうれしく思っております。

たった今、制服のボタンを縫い付けたところです。二十五年前、貧乏な叔母さんが送ってくれた、亡き祖父の制服のボタンと取り替えるために外した、私自身のボタン……。それを本来あるべき場所に戻したのです。

糸くずを除き、黒い絹糸二本取りでしっかりと縫い付け、念には念を入れて普通よりも大きな玉結びで止めました。付け終わってみればそれは、最初からずっとそこにあったかのようにごく自然に馴染んで見えます。こうして二十五年の空白は、静寂の中に包まれました。かつてそこに空白があったと気付く人は、誰もいないでしょう。

クラフト様の先代と私の祖父がどういう関係であったのか、今となっては確かめる術もありませんが、ただ一つはっきりしているのは、自分が亡き後の孫の行く末について祖父がどれほど心を砕いていたか、ということです。寿命が尽きてもなお、どうにかして孫の助けとなりたい。その思いが時間差郵便につながったのは間違いありません。祖父はきっと、先代様に助けを求めたのでしょう。私がこうして今、クラフト様にお世話になっているのと同じように。

結果的に、時間差郵便は完成を見ませんでした。にもかかわらず、偶然、それは祖父が願ったとおりの役目を果たしたのです。

しかし、偶然、と言ってしまって本当によいのでしょうか。私はどうしても、偶然の一言で済ませられない何かを感じてしまうのです。そもそも、二十五年前、私が貧乏な叔母さんを求めてクラフト様に注文書をお送りしたのも、実は祖父が使っていた文箱の中、封筒や便箋類の間に何気なく挟まっていたメモを発見したのがはじまりでした。『クラフト・エヴィング商會／よろず相談』。住所とともに、メモにはそう書かれていました。いかにも何気なく走り書きしたという雰囲気の、下手をすると見過ごしてしまうほどの小さな紙切れですが、なぜか私はそれに目を留めたのです。そして一枚の封筒を手にし、メモに記された住所を書き写しました。それがどういう種類の封筒か知りもしないままに。

こうしたすべてが祖父の計らいではないのか。祖父の願いの強さが、先代様と貧乏な叔母さんを動かし、この不思議なボタンのやり取りを実現させたのではないか……。いや、もうこのあたりで余計な詮索はやめておきます。ボタンは元に戻りました（もう一個については、戻りつつあるという表現が適切でしょうか）。いずれにしても祖父の願いは届きました。それで十分です。

私は明日も郵便を配達します。郵便配達人として、一通一通、正しい場所へ届けます。自転車のスタンドを立てる仕草が祖父に似てきたな、と最近気付きました。制服のボタンはつやつやと光って見えます。私が一日一日積み重ねてきた時間が、そこに塗り込められているかのようです。

祖父の本棚は今でもほとんど変わらずそのままになっています。十二歳になる息子が、そろそろ本棚に興味を示しだしたようで、お気に入りの一冊を見つけては祖父のベッドに寝転がって長い時間読みふけっています。キリンの孫の手も上手に使いこなします。ただ、『貧乏な叔母さん』を手に取るまでには、もうしばらく時間がかかるでしょうが。

今でも時折、貧乏な叔母さんはどうしているだろう、と考えます。相変わらず言いたい放題、自由奔放にやっているだろうか。今くっ付いている人の背中は、広いだろうか、それとも華奢なのだろうか……。そんなふうに思いを巡らせていると、なぜか心が安らかになってきます。見ず知らずの誰かの背中に向かって、小さな祈りを捧げたい気持になるのです。

長々とお付き合いいただき、どうもありがとうございます。心から感謝申し上げます。もうそろそろペンを置いて、眠ることにしましょう。明日もまた、たくさんの郵便が私を待っています。

どうぞ、お体をお大事になさって下さい。貴商會のいっそうのご繁栄をお祈りしております。

草々

追伸　さて、この手紙、どの封筒と切手でお送りしましょうか。

case

4

肺に咲く睡蓮

「うたかたの日々」ボリス・ヴィアン

craft ebbing & co.

注文書

text by
小川洋子

私は七十三歳の指圧師です。十本の指で、人様のお体に溜まった疲労を探り当て、押しほぐすのが仕事です。R駅前商店街の古本屋の二階に治療院を開いて、もう五十年以上になります。

治療院のお客様で、デシマルさんという方がいらっしゃいます。『出家とその弟子』の弟子に丸三角の丸で、弟子丸です。ええ、大変に珍しい、一度耳にしたら二度と忘れられないお名前です。ご来院いただくようになって、かれこれ二十年くらいにはなるでしょうか。古くからの馴染みのお客様のお一人です。二日おきにいらっしゃることもあれば、一か月以上お見えにならないこともありましたが、ずっと途切れず指圧させていただいておりました。

弟子丸一族は代々、標本を扱うお仕事をなさっておられたようです。お祖父様は蝶の標本店店主、また従兄様は自然史博物館の標本技術師、大伯父様は雑誌『標本の友』の編集主幹、といった具合です。

そして弟子丸さんご自身は、植物を扱う標本商でした。植物と言っても範囲が広うございます。あの方のご専門は、人間に寄生する植物、でございました。

舌を覆う苔、陰部に巣食う羊歯、鼻粘膜に生える茸、膀胱に溜まる藻、わき毛に自生する綿毛、十二指腸の窪みに埋まる果実の種子類……等など、人間の肉体を住みかとする植物は、実に様々あるものなのです。どんなに貴重な植物であっても、それが土に生えていたのでは意味がありません。人間の肉体、という点が唯一絶対の基準なのです。

もちろん、今私がお話ししていることはすべて、治療院にて施術している間に、弟子丸さんから直接うかがったものです。誤解していただきたくないのですが、私は決して寝台に横たわる患者さんから、プライベートな話を根掘り葉掘り聞き出して、噂の種にしていたわけではございません。治療に必要な質問以外、不必要なことは口にせず、ただ患者さんが何かお話しになりたい場合には、静かにそれに耳を傾け、会話がリラックスの助けとなるよう心を配る、という姿勢を開業以来貫いてまいりました。よって弟子丸さんについて私が知り得た情報も、あの方ご自身が指圧によってゆったりした心持ちになられ、ほとんど独り言のように語られた断片が、長年にわたって蓄積された結果であります。

弟子丸さんはお店を構えてはいらっしゃいませんでした。標本箱と呼ばれる専用の木箱に商品を収め、それをアタッシュケースに詰めて顧客の元へ出向き、ご商売をなさるのです。標本の性質上、そう大きなもの、重たいものはございませんから、持ち運びに不都合はなかったのでしょう。

失礼ながら、一体どういう人々がそのようなものを求め、果たしてそれで商売が成り立つのかどうか、私には想像もできませんでした。ただ弟子丸さんは、決して変人でも世捨て人でもなく、きちんとした立派な常識人でいらっしゃいました。おそらく弟子丸一族が長い時間をかけて築き上げてきた、標本の世界があるのでしょう。生まれながらにしてその伝統を背負っているという、誇りもお持ちでした。

植物を愛する人は大勢います。それを手元に置いていつでも好きな時に愛でたい、と思うのも当然の願望です。ただその植物の生えていた場所が、ちょっと変わっているからと言って、誰に文句を付ける資格があるでしょうか。世の中は、私などが思っているよりずっと広いのです。一生かかっても決して足を踏み込めない、遠くの方にもやっぱり世の中はあって、自分と同じ人間が、指圧をしたり膀胱に溜まった藻を眺めたりしながら暮らしているのです。治療院でいろいろな方々と接してきた結果、私の得た最も意義深い教訓がこれです。つまり、世の中は広いという……あっ、失礼しました。話がすっかり逸れてしまったようです。

どうやって標本を入手するのか？　はい、私にとってもそれが一番の謎でした。しかし常識的に考えて、医療機関の方面から、というのが筋ではないでしょうか。仲買いがいたのかもしれませんが、いずれにしても病院関係です。体の中に植物が生えれば誰でも、園芸店ではなく、病院へ行くものです。

標本収集のため、弟子丸さんは世界中を旅しておられました。やはり病気の特徴からして、外界の植物の状況と密接に結び付いており、風土病の性質を色濃く帯びているらしいのです。よって病気発生の情報は、僻地のごく限られた場所から、しかも突然にもたらされるのが常で、弟子丸さんはいつどこへでも出発できるよう、プロとして日頃から、余分なものを削ぎ落とした身軽な生活を心掛けておられたようです。ええ、たぶん、独身だったはずです。

どなたがご来院なさったか、階段を登ってこられる足音で聞き分けられるのですが、弟子丸さんの場合には特にすぐ分かりました。胸に抱えた古本屋の紙袋が、弾むようにかさこそと鳴るからです。下の古本屋で何冊かお買い物なさったあと、治療院へお見えになる、というのがいつものパターンでした。紙袋の音を聞けば、今胸にあるその本が、弟子丸さんにどれほど大きな喜びをもたらすものか、私にも伝わってくるのでした。

寝台に横になられ、最初に発する一言はたいてい、「昨日、○○から帰ってきたんだ」あるいは、「明日、××へ発つよ」でした。そこで告げられる土地の大半は、聞いたこともない、時に不思議な、時にロマンティックな響きを持つ名前でした。

もしも私の治療院が弟子丸さんにとって、神経を静め英気を養うための、渡り鳥の寝床のような場所であったとしたら、指圧師としてこれほど光栄なことはありません。

弟子丸さんのお体は、一言で申し上げて、大変に柔順でございました。ただ単に筋肉や関節が柔らかいという意味ではなく、体の存在が醸し出す雰囲気の問題です。長年この仕事をやっておりますと、体そのものと交流することができるようになります。十本の指だけを頼りに、心からも言葉からも解放された真空の地帯へ、肉体を導くのです。

水しぶきのように弾ける体、暗闇の塊を隠した体、強靭でありながら同時にはかない体……と、実にさまざまありますが、弟子丸さんほど抵抗のない、素直な表情の体は珍しいのです。新しい土地から土地への旅の人生だったことが、影響しているのかもしれません。どんな環境にも素早く適応し、そこにあるなにものにも過剰な影響を与えず、ただ目的の一本の茎、一粒の種、一片の花弁を手に入れたら、あとは風のように去って行く。弟子丸さんのお体は、体内植物専門の標本商に必要不可欠な能力を、見事に備えておられたと言えるでしょう。

もしも弟子丸さんご自身が、体内植物だったとしたら、どのように暗く、狭く、湿っぽい空間（体の持ち主でさえ自分の中にそのような場所があるとは気づいてもいないような、孤独な空間）にも、きっとそこに相応しい根を張り、花を咲かせ、実を結ばせることがお出来になったと思います。妙なたとえをしてしまって、申し訳ありません。

「すみやかであること、それが一番大事なのです」

と、いつか弟子丸さんがおっしゃっておられました。体内植物標本で求められるのは、体の中にあった時の状態をできるだけ忠実に保つことなのだ、と。外の世界の光を浴びた植物は急速に衰えてゆくのだそうです。暗がりの中で息を殺し、襞の間に入った粘液や、葉脈にしみ込んだ血液を拭き取ってしまわないよう注意しながら、すみやかに標本化してゆくわけです。

標本化に使われる種々の薬品については、弟子丸一族に代々伝わる秘密の処方箋があって、その処方箋についてのスリルと愛と涙あふれる興味深い物語もたくさんうかがったのですが、今回の用件とは直接関係ありませんので、それはまた別の機会に。

さて、こちらが弟子丸さんからお預かりした標本箱です。さあどうぞ、ご自由にご覧になって下さい。実にさまざまございますでしょう。仕切りがしてあって、一つの箱に九つ収納できるようになっています。小瓶の中で液体に浮かんだの、綿のベッドに横たわるの、シャーレの寒天で培養されたの、ガラス棒に巻き付いたの……。弟子丸さんは私に惜し気もなく標本を触らせて下さいました。

「遠慮しなくていいんです。これらはみな体と親しいものたちですからね。触ってもらえるのがうれしいくらいなのです」

と、おっしゃって。

採集の旅が長期にわたる場合はしばしば、こうして私が標本を預かっておりました。貸し金庫に預けるのは面倒だけれど、やはり火事や泥棒が心配ということでした。私のような者を信頼して下さって、本当にもったいない事でございます。

どこかに一つだけ、何も入っていないガラス瓶がございませんか？　あっ、そうそう、そこです。こうして、新しく収集する標本の収まるべき場所を確保してから、旅に出発なさるのが、弟子丸さんのいつものやり方でした。安住の場所が定まっていること、つまり準備万端整って抜かりがない状態であることが、収集成功の鍵なのです。

今回は、ミシシッピ川流域を巡る旅でした。標本箱を預けにいらした時の弟子丸さんの口振りからして、この旅行はいつもにも増して長く厳しいものになりそうだという予感がいたしました。いえ、不安を口にされたわけではありません。ただ、ミシシッピ、とおっしゃったその言葉の中に、危ういほどに果てのない響きが、こもっているように感じただけです。

あの時、私がもっと注意深くお体の声に耳を澄ませていれば、内臓の奥に潜む不吉な気配を指先で摑んでいれば、こんなことにはならなかったでしょうに……。悔やんでも悔やみきれません。

弟子丸さんの急死を知らせて下さったのは、一階の古本屋さんです。飛行機に搭乗する直前、タラップへ向かう空港バスの中で心臓の発作を起こされ、そのまま亡くなったのです。標本化用の大事な薬品を詰めたスーツケースだけが、持ち主のいないまま、ミシシッピまで運ばれたそうです。

こうした事情を彼が知ることになったのは、弟子丸さんがパスポートの最後のページ、〝事故の場合の連絡先〟に、古本屋さんの住所を書いていたからでした。

「飛行機の中でなくて、よかったです。せめてもの慰めです」

と、古本屋さんは言いました。

「だって、最期を迎える時が空中では、心許ないではありませんか。やはりそういう大変な事態の折りには、大地に両足がついていないと……」

「なるほど」

私はうなずいて同意しました。古本屋さんは六十がらみの、さっぱりした気のいい男です。弟子丸さんや私と同様に独り者で、大人しい猫と一緒に店の奥に暮らしています。緊急の連絡先に指定するくらいですから、弟子丸さんは古本屋さんを頼りにしていらしたのでしょう。身寄りのない人が突然、しかも滑走路の上で亡くなったような場合、どんなふうに物事が運んでゆくのか、私には見当もつきませんが、とにかく古本屋さんはいち早く空港へ駆け付け、諸般取りまとめてすべてをお世話し、ようやく連絡の取れたまた従兄さんに、はい、博物館の標本技術師をされておられる方に、ご遺体を引き渡されたそうです。

「弟子丸さんが最期まで胸に抱えておられた機内持ち込み用の鞄の中に、この本が入っていたのです」

古本屋さんはそれを私の手に載せました。「ボリス・ヴィアンの『うたかたの日々』です。うちの店でお買い上げいただいたものです。また従兄さんから、形見にと言って譲っていただきました」

思いもよらぬ巡り合わせで、一冊の本が古本屋さんの元へ舞い戻ってきたわけです。

私は標本箱を古本屋さんにお見せしました。標本の実物を目の当たりにしたのは初めてらしく、彼は「ほうっ」とため息を漏らしました。『うたかたの日々』と標本箱、弟子丸さんが残していかれたものを前に、私たちはしばらくただ黙っておりました。

「これは、どのような本なのでしょうか」

おずおずと私は古本屋さんに尋ねました。恥ずかしながら私には、本を読む習慣がございません。

「いいでしょう。読んで差し上げます。お安いご用です」

と、古本屋さんはいとも簡単に言いました。私は恐縮し、心苦しく思いましたが、彼の方は気にする様子もありません。

「毎日毎日、本に囲まれて暮らしているんですよ。本に関することならば、何でも得意です」

私は何度もお礼を申し上げました。ご覧のとおり、私は盲目です。

次の日から毎日、店を閉めたあと、夜の八時過ぎくらいになると、古本屋さんは『うたかたの日々』を携えて二階へ上がってくるようになりました。そして寝台に腰掛け、本を朗読してくれるのです。私は枕元の丸椅子に座り、耳を傾けます。

確かに、古本屋さんは本を読むのが上手でした。声は明瞭で、決して押しつけがましくはないのに、他の誰でもない、たった一人私だけの耳に、真っすぐ届いてくるようなひたむきさがありました。つっかえたり、読み間違えたりすることもなく、リズムは安定し、まるでこうなるのを予測して朗読の練習を積んできたのではないかと、錯覚するほどでした。私の胸の内はしんと張りつめ、澄んだ泉がわき上がってくるような心持ちでございました。

本文の前に「はじめに」とあって、そこに「ニューオリンズにて」の一行がありました。古本屋さんが、ニューオリンズはミシシッピ川の河口にある街だ、と教えてくれました。お話は実に魅力あふれるものでした。コランという名の青年がクロエという名の少女と出会い、恋をするのです。たったそれだけのことです。なのにそんな当たり前のことが、どうしてすんなりと運ばないのでしょう。若い者たちの恋は、たいていいつでもそうなのです。指圧師の老人にだって、遠い昔、若い頃があったのです。

「さあ、よろしいでしょうか」

寝台の上でお尻をもぞもぞさせ、座り心地を確かめながら古本屋さんは言います。普段は患者さんが眼鏡や腕時計を外して置いておくためのサイドテーブルに、私はポットとお茶を用意します。古本屋さんは一口お茶を飲み、喉を潤してから、栞に指をはさんでページを開きます。

「はい、どうぞお願いいたします」

そう言って私は、疲れた指を休めるように手を組み、頭を垂れます。

一日に進むのは三十ページか四十ページほどです。私たちには急がなければいけない理由など、何一つありません。夜が更けてくるにつれ、商店街の人通りはまばらになり、昼間はうっとうしいと思う電車の音も、なぜか遠退いてゆくようです。もう電話も鳴りません。呼び鈴を押すお客さんも来ません。ただ古本屋さんの声だけが、夜の底を流れてゆきます。

初めてのデートの日、コランは最初にクロエに掛ける言葉を考えます。彼女をどこへ連れていったらいいか思案します。あれこれ考えすぎて、本物のクロエが現れた途端、慌ててしまって手袋がこんがらがります。二人はたどたどしく手をつなぎます。

弟子丸さんはどんな気持でそのページを読んだのでしょうか。クロエに似た誰かのことを思い出したのでしょうか。私には分かりません。私に分かるのは、弟子丸さんの手の形だけです。それがゆったりと大きく、温かく、たとえ誰の手であろうとも優しく包める形をしていた、ということだけです。

やがて、階段を上ってくる微かな気配がしてきます。扉の向こうで、「ミャオ」と一声鳴き声がします。決してお邪魔をするつもりなどないのですが、ちょっとこちらに気を回していただければ幸いです、とでもいうような、遠慮深い鳴き声です。

「おや、晩飯の催促だな」

その一言を合図に、古本屋さんは本を閉じます。

「じゃあ、また明日」

「はい、おやすみなさい」

古本屋さんは脇に本をはさみ、猫を抱き上げ、頬ずりして階段を下りてゆきます。猫はやれやれといった風情で、もう一度「ミャオ」と鳴きます。次の日も、その次の日も同じことを繰り返します。

そうしながら私たちは、私たち独自のやり方で、弟子丸さんの死を悼んでいたのかもしれません。二人だけの葬儀を、営んでいたのです。朗読をする古本屋さんの心に浮かぶのは、書棚の前に立ち、お目当ての本を探す弟子丸さんの横顔でしょうか。あるいは本の包みを受け取る時の微笑みでしょうか。古本屋さんの声とともに私の指先に蘇るのは、弟子丸さんの皮膚から伝わってくる体温です。

やがてコランとクロエは結婚します。けれど新婚旅行へ出掛けるあたりから、雲行きがあやしくなってきます。どこからか影が差しはじめ、空気の色合が変わってきます。

クロエが病気になるのです。

「もう立てないわ」

とつぶやくクロエを、コランが抱きかかえる場面は、今でもはっきりと耳に残っています。彼は彼女を、まるで花のように抱くのです。クロエは右の肺に、睡蓮が咲く病気でした。

古本屋さんがそのページを読んだ時、私たちは二人とも一瞬息を詰めました。私は標本箱に手をのばし、一つだけ空いている仕切りを指でなぞりました。

「睡蓮とは、どんな花です?」

私は尋ねました。古本屋さんは私の掌に人差し指で、睡蓮の花を描いてくれました。彼の手は肉厚でがっしりとしていました。長い付き合いにもかかわらず、まだ一度も彼に指圧をしてあげたことがないと、その時ふと気づきました。

「こんなふうです」

睡蓮は、堂々とした気高い花でした。

標本箱はいずれ、弟子丸一族にお返ししなければなりませんが、この一つだけ空いたガラス瓶に、弟子丸さんが最後に求めてかなわなかった肺に咲く睡蓮を、収めてさしあげたい、そう、私たちは思ったのです。必要な標本がすべて、あるべき場所にきちんと収まった箱を、ご霊前にお供えしたいのです。

しかし、老いぼれた指圧師と古本屋ではどうにもなりません。クラフト・エヴィング様のお力添えが、是非とも必要です。心より伏して、お願い申し上げます。

納品書

text by
クラフト・エヴィング商會

ここに御紹介申し上げるのは、依頼人の方からお預かりした弟子丸氏の遺品ではありません。同じ標本箱ではありますが、こちらは英国の〈ボリス・ヴィアン・ソサエティ〉が資料として保管していたものを譲り受けてきたものです。

元の持ち主は、とあるイギリス人の男性でした。

この探索は非常に難易度の高いもので、御依頼の品を探すべく半年にわたって四方八方に手を尽くしましたが、その過程で同様の興味を示されているコレクターが世界中に複数存在することは判明したものの、標本そのものを入手している方は、やはりいらっしゃらなかったとお答えするしかありません。

BORIS VIAN SOCIETY

この標本箱の持ち主だった男性は他界してすでに四半世紀が過ぎ、残念ながら不明点が多く、当商會および〈ボリス・ヴィアン・ソサエティ〉による、いくつかの推察をまじえた上での報告となります。

この男性は個人的な趣味として、寄生の研究をしていました。特筆すべきは彼の研究の中心が人体への寄生であったことで、ここに標本されたもののほとんどは、かつて人の体に宿ったもの、あるいは宿る可能性をもったものと推測されます。

BORIS VIAN SOCIETY

同ソサエティにこの標本箱が資料として保管されていたのは、故人がボリス・ヴィアンの熱烈なファンであったこと、そして故人と親しかった友人の証言に基づくものでした。記録された証言は次のとおりです。

「故人は『うたかたの日々』に登場する肺に咲く睡蓮の標本を入手するため、空の壜を準備していました」

この証言と符合するように、標本箱の中心に空の壜が据えられています。そしてまたこの符合は、まさに弟子丸氏の標本箱に準備された空の壜とも照合します。

加えて、もうひとつ重要な事実がありました。

この標本箱を用意していた彼は、ボリス・ヴィアンや弟子丸氏と同じように、心臓を患って急死したと伝えられています。

それればかりか、先の友人による証言の記録に目をとおすと、故人が確信をもって標本の準備をしていたのは、「他でもない彼自身の肺に睡蓮が寄生していたから」とあるのです。

さらには、故人の遺した研究ノートによれば、「じつは、ボリス・ヴィアン自身もこの奇病を胸に秘めて死んでいったのでないか」とありました。

もしかすると、作家もイギリス人も、そして弟子丸氏もまた、皆一様に自らの死をもって、その体の中にひっそりと知られざる標本をつくろうとしていたのかもしれません。

あくまでも空想ですが——。

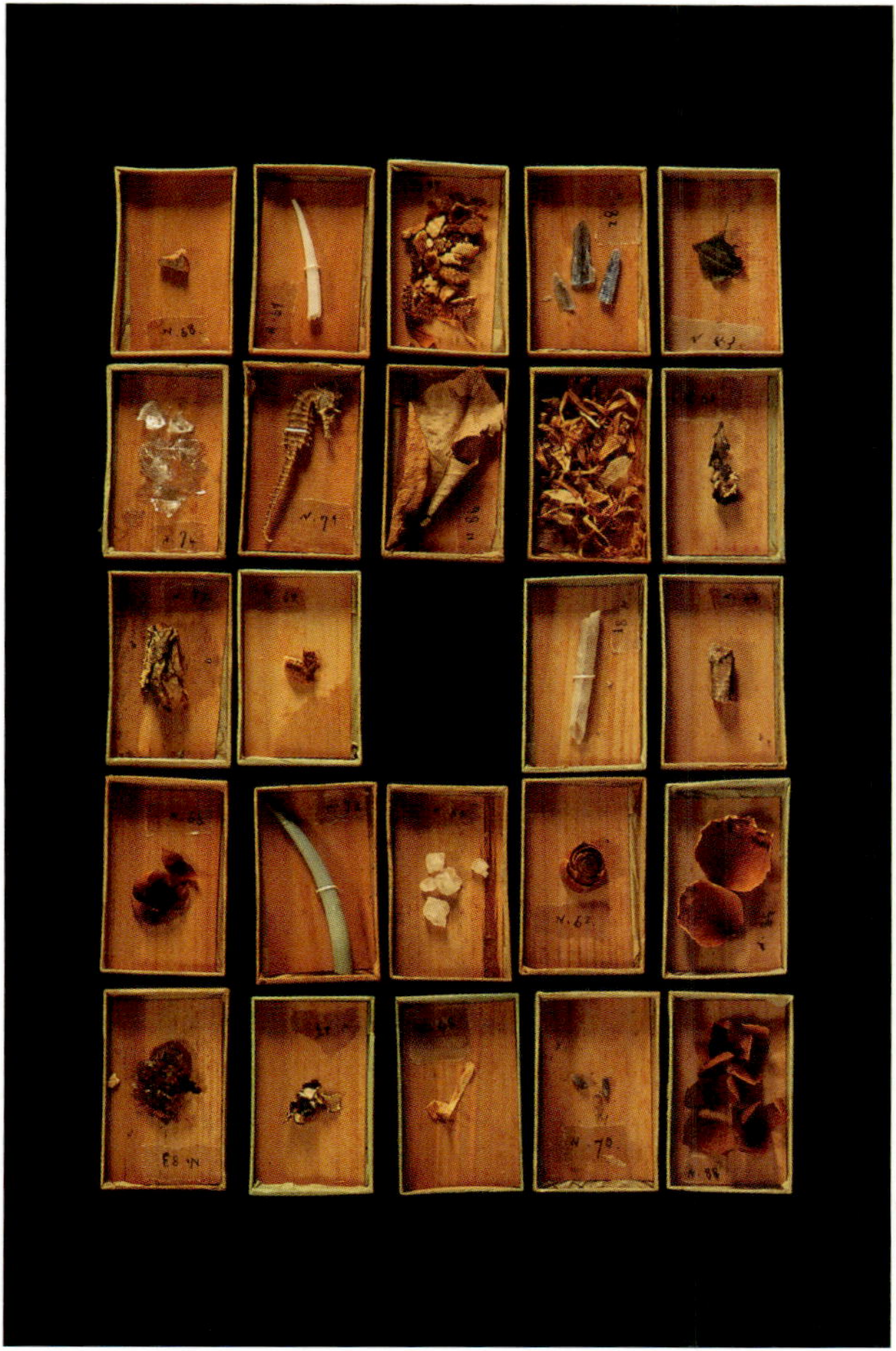

BORIS VIAN SOCIETY

受領書

text by
小川洋子

クラフト・エヴィング様自らがわざわざ治療院まで足をお運び下さるとは、誠に恐縮なことでございます。

私が注文しました品、少々運搬にてこずる形状、とのお電話いただき、古本屋のご主人に受け取りに行ってもらうつもりにしておりましたが、直接お届け下さるという温かいお心遣い。何とお礼を申し上げてよいか分かりません。本当にありがとうございます。

狭苦しいところで申し訳ございませんが、どうぞ、そのあたりの椅子にお掛けになって、お楽になさって下さい。そして、寝台をテーブル代わりに……。これで間に合いますでしょうか。睡蓮の標本というので、もっと小さなものかと思っていました。古本屋さんが教えてくれた睡蓮は、掌に書けるくらいの大きさだったものですから。どうも、読みが甘かったようです。

ほほう。こちらが、弟子丸さんと同じように、人間に寄生する植物を扱っておられた方の標本箱ですか。はるばるイギリスからやって来た、貴重な品ですね。触っても大丈夫でしょうか？　もし、触れるべきでないものがありましたら、すぐに私の手首をつかんで、制止して下さい。お願いします。

ああ、やはり木製ですね。かなり年季が入っている。弟子丸さんのよりも一回り大きくて、鍵が頑丈だ。あっ、同じにおいがします。鼻孔にひっそりと吸い付いてくるようで、どこか懐かしく、また高遠でもある。植物そのものが発するのでしょうか、あるいは人の体内とは、いつもこんなにおいがしているものなのでしょうか。

どうやらこのイギリス人は、弟子丸さんほど几帳面ではなかったようですね。収納の仕方が大胆だ。実にさまざまな体内植物があるものでございますねえ。これだけ集めるのに、一体どれほどの時間と労力を要したか、私などには想像もできません。

そして中央にあるのが、肺に咲く睡蓮のために用意されていたガラス壜ですか……。この方も弟子丸さんと同じく、肺に咲く睡蓮を手に入れる旅に出発なさった直後、急死なさったわけですね。何という偶然でしょう。遠く離れた場所で、しかも長い時間を隔てて、同じ望みを持った若者が同じ不運に見舞われるとは。実においたわしい。

確認させていただきたいのですが、このガラス壜は本当に空なのでしょうか？　花粉の一粒、雄しべの一本、入ってはいませんか？　……そうですか、やはり、空っぽなんですね。

しかし不思議です。弟子丸さんとこのイギリス人、二人が睡蓮の標本用に準備していたガラスの容器、ほぼ同じ大きさです。直径も高さも蓋の形状も、変わりがありません。何故なんでしょう。体内植物たちはこれほどまで多種多様の形を持っているというのに、二人とも肺の睡蓮を一度として目にしたことがないはずなのに、どうして同じような筒状のガラス壜を用意できたのでしょう。

実は、クラフト・エヴィング様にお話ししなければならないことがございます。注文を発注しましてしばらく後、全く思いも寄らないルートから、手に入ってしまったのです、肺に咲く睡蓮が。

正確には睡蓮そのものではございません。睡蓮が咲いていた痕跡、と言う方が正しいでしょう。

弟子丸さんのまた従兄さん、はい、博物館の標本技術師で、喪主としてご葬儀を取り仕切られた方です。ある日、そのまた従兄さんが、突然ここにおいでになったのです。納骨のためにお墓へ向かう途中、とのことでした。

また従兄さんは驚くほど弟子丸さんとお声がよく似ておいででした。最初の一言ですぐに、弟子丸さんのお身内だと分かったほどです。

どうか変に思わないで下さい、とおっしゃって、また従兄さんは、私の前に骨壺を置きました。大事なお骨をどうして私のところへ持っていらしたのか、全く分かりませんでした。するとまた従兄さんは骨壺の中から一本のお骨を取り出し、驚くようなことをおっしゃったのです。

「これは肋骨の一部と思われる骨です。ここに不可思議な穴が数個開いているのですが、お分かりになりますか?」

そう言ってまた従兄さんは私の手を取り、指を肋骨の穴に触れさせました。声だけでなく、その方の皮膚も、弟子丸さんのそれと同じ感触を持っていました。

「あなたは人の身体に触るプロですね。指先で触れるだけで、そこに隠された風景を読み取ることができる。ですから是非あなたに、この肋骨の秘密を解き明かしていただきたいのです。それができるのはあなただけなんです。体内生物の専門だった彼が、何故この治療院に標本箱を預けていたのか、それはあなたの能力を見抜いていたからです」

また従兄さんは一つ、長い息を吐き出しました。その時私の指は既に、弟子丸さんの骨と交信を始めていました。

長年、人様のお身体を指圧してまいりましたが、直接骨に手を当てるのは初めてでございました。しかし、間違いなくそれは弟子丸さんの肋骨でした。弟子丸さんの皮膚と筋肉と脂肪の感触の奥にあった、肋骨です。

穴はごく小さいものでした。ほとんど髪の毛が一本通るかどうか、というほどの小さな穴が、肋骨の内側中央付近に数十個、肩を寄せ合うようにして集まっているのです。ほんのちょっと、ザラッとしています。

指圧をしている時と同じように私は指先に神経を集中させ、感じるままを、また従兄さんに申し上げました。

「これは植物の根が通っていた穴です。横隔膜が上下するたび、根はゆらゆらと揺らめきます。根の先端は次の肋骨目がけ、更に伸びてゆこうとしています。茎はごく柔らかい。それもまた横隔膜の動きに同調し、肺を巡る空気と血液の流れに身を任せています。そして肺の中、一番奥まったところに、花が咲いています。睡蓮の花です。間違いありません。流線型の花びらが何枚も重なり合って、片手におさまるほどのつぶらな形を作っています。とても静かです。世界中で最も静かな場所を求め、静けさだけを養分にして、咲く花なのかもしれません」

私が話し終えますと、また従兄さんは一言、「やはり、そうでしたか……」とおっしゃったきり、しばらく黙ってしまわれました。私は弟子丸さんの肋骨を、テーブルに置きました。

「自分も標本技術師ですから……」

長い沈黙のあと、ようやくまた従兄さんは口を開きました。

「この肋骨を見た時、心に引っ掛かりを覚えました。他の骨とは表情が明らかに違っておりました。標本が持つ独特の気配を、それは既に帯びていたのです。技術師が何ら手を施していないというのに」

「つまり、その、どういうことなのでしょうか」

「体内植物専門の標本商の肺に、睡蓮の花が寄生した、ということです。ミシシッピへ睡蓮の標本を仕入れに行く予定だったと聞きましたが、ミシシッピへなど行く必要はなかったんです。自分に一番近い場所に、求める花はもう咲いていたんです。もしかしたら彼は、その事実に薄々感づいていたかもしれません。だからこそ、肺に咲く睡蓮の標本に相応しい容器を準備できたのです。見て下さい。ぴったり収まるじゃありませんか」

また従兄さんはそう言ったあと、慌てて「あっ、申し訳ございません」とお詫びをされましたが、私は一向に気にしませんでした。目など見えなくても、また従兄さんがガラス壜に肋骨を入れた音で、いかにその二つが過不足なく馴染んでいるか、よく分かりました。

クラフト・エヴィング様に出している注文について、また従兄さんにお話はしませんでした。こうして無事、標本箱の最後の空容器に、求める標本が収まったのです。もうこれで十分だ。私があれこれ余計な手出しをする必要もない。この標本箱はまた従兄さんにお返ししよう、と思った矢先、また従兄さんは再び予想もしない言葉を発せられました。

「しかし本当に、彼の骨をここに収納してしまって、いいのでしょうか？」

「と、おっしゃいますと？」

「つまり彼は、死の間際、究極の標本箱を手に入れたわけです。自分の身体そのものが、標本箱だったのです。世界中の標本商が夢見る、肺に咲く睡蓮を収めた標本箱です。たとえそれが原因で命を落としたのだとしても、いやだからこそ余計に、彼が求めてやまなかった睡蓮の標本を、彼の肉体から切り離してしまうことに、ためらいを感じるのです」

同意するでも、異議を唱えるでもなく、私はただ、そうですか……とつぶやくだけでした。

「あなたはさっきおっしゃった。肋骨に根の跡を残した花は、世界で一番静かな場所を探して咲く花だと。死のそばほど、静かなところはありません。やはりこれは、彼の墓に埋めましょう」

また従兄さんはガラス壜から肋骨を取り出しました。

「本来あるべき、究極の標本箱に収めましょう」

独り言のようにつぶやくと、また従兄さんは肋骨を骨壺に入れ、蓋を閉じました。

私は弟子丸さんからお預かりした標本箱を、一つガラス壜が空のままのそれを、お返ししようとしました。けれどまた従兄さんは、できれば形見の品として、受け取ってほしい、とおっしゃいました。

「ボリス・ヴィアン『うたかたの日々』は古本屋さんに、標本箱はあなたに。これほど彼が喜ぶ形見分けはありません」

もちろん私はありがたく、それを頂戴いたしました。

こうして私の手元に二つの標本箱がやって来ました。標本とは何の縁もないはずの、私のような盲目の指圧師のところに。クラフト・エヴィング様、不思議じゃございませんか。

時折寝台に広げて、体内植物を触りましょう。体内にいた頃のことを懐かしがって、彼らが淋しく思わないように、そっと撫でてやりましょう。私の指の感触で、昔寄生していた宿主の身体を彼らが思い出してくれれば、これほどの喜びはありません。そして空のガラス壜を手に取り、弟子丸さんと、見ず知らずのイギリスのお方のために、祈りを捧げましょう。

本日はどうも、遠いところをありがとうございました。どうか、お気をつけてお帰り下さいませ。商店街を抜けて、教会の角を曲がったあたりで、タクシーが拾えるはずでございます。

case

5

冥途の落丁

「冥途」内田百閒

craft ebbing & co.

注文書

text by
小川洋子

ごめん下さい。お邪魔いたします。こちら、クラフト・エヴィング様で間違いございませんでしょうか。

うっかり駅の反対側に降りたらしく、ずいぶんと道に迷いました。すっかり日が暮れてしまったようです。そろそろ閉店のお時間ではございませんか。長居はいたしません。すぐにおいとまいたします。

つかぬことをお伺いしますが、こちらには小間使いさんがおられますか。あるいはかつて、そういう方を雇っておられましたでしょうか。

実は以前、クラフト・エヴィング商會の小間使いだったという老人と、私の主人が岡山で出会ったことが、すべてのはじまりなのです。

岡山は主人の生まれ故郷です。生家は小さな文房具店を営んでおりましたが、一人息子の主人が大学に進学するため上京したのち、ほどなく父親が亡くなって、あとは母親が一人、細々と商売を続けているといった状態でした。主人は卒業後、東京で税理士の免許を取り、家業は継ぎませんでした。二十年ほど前に税理士事務所でアルバイトをしていた私と知り合い、結婚いたしました。その前年、母親も亡くなっており、長く生家は無人のままになっていました。

結婚以来、私もお墓参りや親戚のお葬式のために、何度か生家に立ち寄ったことはございます。窓を開けて風を通したり、埃を掃き出したり、中庭の雑草を抜いたり、一応手入れの真似事をするためです。しかし何分、廃墟寸前の家屋ですから、気休めにもなりません。

誰も人が住んでいない家に足を踏み入れるというのは、なぜか一歩、腰が引けるものです。きっとご経験がおありになるでしょう。不動産屋さんに空き家を見せてもらう時の、あの感じです。しかも、もう二度と人が暮らす当てもない生家のような場合、尚更です。

さほどの役にも立っていない、錆びた旧式の鍵を回して引き戸を開けますと、ガタガタいかにも億劫そうな音がして、奥に立ち込める薄ぼんやりした空気が震えます。中へ入った瞬間、降り積もった無言の地層が覆いかぶさってきます。いくら払ってもきりがない、じっとりとして執拗な厚みを持った地層です。

引き戸の向こうは以前店舗だったスペースで、陳列棚に商品はもう一つも残っていません。しかし長い時間が経っても、なぜか片付けきれない何かが、そこかしこに転がっています。変色した伝票、折れたクレヨン、ボールペンのキャップ、ビニールスリッパの片割れ、マッチ箱、空っぽの花瓶……そんなものたちです。

怖いのは、私たち夫婦以外に家へ入る者は誰もいないにもかかわらず、前回と比べてそれらが微妙に位置や形を変えていることです。もしかしたら私の単なる錯覚なのかもしれませんが、この違和感からは、どうやっても逃れられません。スリッパがひっくり返っていたり、マッチ箱がほんの少し開いていたり、〝みどり〟だったクレヨンが〝からし〟になっていたり。

「確か、前来た時には……」

とつぶやきそうになって、慌てて私は口をつぐみます。口に出してしまったら最後、取り返しがつかなくなるような気がするからです。

私にはお構いなく、主人はどんどん店の奥の住居に入ってゆき、必要な作業をこなします。子供の頃育った家ですから、主人の方こそありありとした記憶にとらわれそうですが、こんな時でも主人はあくまで税理士です。合理的に実務的に物事をこなす。そういう人なのです。

住居部分も店舗同様に安普請で、柱はシロアリにやられ、畳は腐り、縁側の床は抜けています。部屋の真ん中で、大きな蛾が死んでいます。思わず見とれてしまうほどに見事な模様を持った蛾です。押入れの隅には茸が生えています。場所には不釣合いな鮮やかなオレンジ色をした笠が、二つ三つ仲良く寄り添い合っています。

無人の間、この家で密かに進行する営みについて私は思いを馳せます。死者の気配に包まれながら、マッチ箱の蓋がそっと開いたり、蛾が翅を広げて息絶えたりしてゆく様を想像します。そうした営みがまた、ここを支配する静けさの密度をいっそう濃いものにしてゆくのです。

私は主人の背中を見やりました。主人は中庭に出て、大きく伸びすぎた木蓮の枝を切り落としています。日当たりが悪いとお隣から苦情が出て、そのための庭仕事をするのがそもそもの目的でした。主人はただひたすら黙々と正しい目的を果たしています。

主人はこの家で生まれたのだ。そう思うと、木蓮の枝をつかむ彼の背中もまた半分、死んでいるように見えるのでした。

文房具店は岡山市の中心街からさほど遠くない、旧道沿いの一角にありました。お城を囲む土手のすぐ外側です。同じ道筋の隣の町内、歩いてほんの数分のところに、昔、内田百閒の生家である造り酒屋があったというのは近所では有名な話でした。主人が物心つく頃には既に跡形もなくなってはいましたが、時折訪ねてくるファンの人があれば、近所の人は誰でも「あのあたりです」と、教えてあげることができたそうです。

しかし元来、文学などという曖昧な分野を好まない主人のことです。内田百閒には大した興味は持っていないようでした。私が百閒の造り酒屋について知ったのも、結婚してかなり経った頃、両親の法要の席でお坊さんと雑談をした時、たまたま話題に上ったからでした。

文学に限らず、主人は無趣味な人です。与えられた仕事を真面目にこなす、ただそれだけが取り得で、顧客を増やそう、事務所を独立しようなどという野心は欠片も持ち合わせていません。毎朝、私が作ったお弁当を鞄に入れ、同じ時刻に出掛け、同じバス、同じ電車の同じ車両に乗り、また同じ時刻に空になったお弁当箱と共に帰ってくる。延々この繰り返しです。それは一種、苦行のようでもあります。自らに科した罪を償うような、許しの代わりに罰を求めるような苦行です。

私は結婚と同時にアルバイトを辞め、専業主婦になりました。子供はおりません。主人の苦行に付き従って、ここまで参りました。

唯一、事務所以外の場所で、定期的に主人が通っているのが近所の卓球センターでした。センターと言っても、地下鉄の駅の連絡通路に卓球台を並べただけのことです。月に二度、第一土曜と第三日曜の夕方、そこで卓球をします。仲間がいるわけではありません。ジャージに着替えて一人、ラケット一本だけを持って出掛けます。余分にお金を出せば、センターの人がパートナーになってくれるようです。

一度だけ、スーパーからの帰りにセンターに寄り道し、様子をうかがったことがあります。案外主人は上手でした。卓球をしている、ただそれだけのことで、見慣れているはずの主人がよそよそしく感じられるのが不思議でした。

相手は結構ベテランのおじさんで、その人と真剣に打ち合っていました。おじさんの技量のおかげもあるのでしょう、打ち合いは長く続きました。ラケットの角度も足の動きも視線も、ほとんどぶれません。台で弾むピンポン球の音が、規則正しく延々と続いてゆきます。地下通路の天井は低く、蛍光灯の明かりは頼りなく、床は黒ずんでいます。地下鉄が走り過ぎ轟音が響いても、ピンポン球の音を掻き消すことはできません。主人の額には汗が浮かび、残り少ない髪の毛が不恰好に貼りついています。眉間には皺が寄り、唇は青ざめています。ちっとも楽しそうには見えません。何のためにピンポン球を打ち返しているのか、自分でも分からないまま、ただそれを打ち損じる恐ろしさにのみ支配されていました。

一体、いつまで打ち合いは続くのでしょうか。このまま永遠に終わらないのでしょうか。やっぱりこれも、苦行です。私は黙ってその場を立ち去りました。

前置きが長くなって申し訳ありません。このたび私たち夫婦に起こった出来事をご理解していただくのに、どこからお話ししたらいいのか、何が関係あって何が無関係なのか、自分でもまだよく整理がついていないものですから。

とにかく、一年ほど前のことです。お役所から一通の封書が届きました。登記簿の改正にあたり、隣地との境界線を測量し直す必要があるので立ち会うように、とのお達しでした。こういう分野に関しては、主人でなければ事が進みません。主人は一日有給休暇を取り、一人で岡山に帰省しました。桜にはまだ幾分早い季節のことです。

朝一番の新幹線に乗り、午前中で立会いを済ませて夕方には戻って来る予定でしたが、夕食の時間を過ぎてもなかなか主人は帰ってきませんでした。何かあったのかと心配になりはじめた頃、真夜中近くになってようやく玄関の扉を開ける気配がありました。明らかに主人は疲労していました。「ただいま」と一言口にする気力さえありません。一日で体がすぼみ、背広がだぶついてしまったような、息をするたび生気が抜けてゆくような、そんな状態です。

岡山で何があったのかようやく説明できるようになったのは、翌朝になってからのことでした。測量は大した問題もなく、あっという間に終わったそうです。元々が形式的な手続きにすぎなかったのでしょう。用が済むとお役人は、測量の道具一式を抱え、歩いて旧道を遠ざかってゆきました。他の家は測量しないのだろうか、どうしてこのあたりでうちだけなのだろうか、と多少の疑問を抱きつつ、呆気に取られるような思いで主人はお役人を見送りました。

「さてと」

そうつぶやいて振り向いた時、中庭に誰かがいるのに気づきました。古い井戸を潰して板を被せた、その板の上に老人が一人腰掛けているのです。ついさっきまでは確かに誰もいなかったはずです。不意をつかれて思わず主人は「あっ」と、声にならない声を上げました。

「無事、終わったかな」

しかし老人は戸惑う様子などありません。測量のこともちゃんと知っているようです。

「ええ、まあ」

老人の態度があまりにもリラックスしているので、主人はつい、人の庭に入り込んで何をしているのか問いただすタイミングを失ってしまいます。

「そりゃあ、よかった」

こちらの思惑になどお構いなく、老人は朗らかに笑いました。入れ歯がカチカチと鳴りました。

「何であれ、境界は大事じゃ」

老人は着物とも浴衣ともつかない寝巻き姿でした。帯は大方解けかけ、襟元は乱れ、裾からは痩せて粉をふいたような太ももが覗いています。白髪は好き勝手にもじゃもじゃとカールし、こけた頬にせり出した耳ばかりが目立ち、首には何本も筋が浮き出しています。彫りの深い顔に日光が当たり、目元に濃い影が射して、瞳の表情はうかがい知れません。

成り行き上、主人は井戸に並んで腰掛け、老人と話をせざるをえなくなりました。老人は隣家に一人で住み、壊れた生垣の隙間から時折中庭に入っては、井戸で休憩していると、悪びれた様子も見せずに言いました。

「ここに座って、この家が少しずつ腐ってゆくのを眺めているんじゃ」

まるでお前の代わりにそうしてやっている、とでもいうような口振りでした。

主人が子供の頃、隣には薬局を営む子沢山の大家族が住んでいましたが、すっかり代が変わってとうの昔に店仕舞いしていました。主人はその老人が薬局一族とどういうつながりにあるのか、把握できていませんでした。

「古びた家をただ眺めるのが、面白いですか」

主人は尋ねました。

「そりゃあ、面白い。若い時分、そういう品を扱う仕事をしていたからなあ」

老人は答えました。

「そういう品とは？」

「その他大勢の人にとっては価値がなくても、たった一人誰かのためには、どうしても必要な品よ」

クラフト・エヴィング商會の名前が出ましたのはその時です。老人は若い頃、こちらで小間使いをしていたそうです。掃除、使い走り、お茶出し、力仕事、あらゆる雑用を一通り習ったあと、徐々に商品の鑑定について勉強を重ね、いつしか一人であちこち仕入れに出向くまで出世しました。そして十年の節目を迎えた時、無事、のれん分けをしてもらったとか。

しかし主人には、クラフト・エヴィング商會のお仕事がどういうものか、はっきりはつかめなかったようです。まあ、仕方ありません。あの人はとにかく税理士なのですから。


さて、いよいよ老人は独立の時を迎えました。お別れの時、店主は記念の印として、商會の在庫から何でも一つ好きなものをプレゼントしようとおっしゃいました。そうして老人が選んだのが、内田百閒の処女短編集『冥途』の初版本だったのです。

「御覧なさい。これじゃ」

最初から主人に見せるつもりであらかじめ用意してあったかのような自然な素振りで、老人は寝巻きの袂から『冥途』を取り出しました。

「珍しい造りじゃろう。一切ノンブルがない」

老人はページをめくって見せました。なるほど、最初から最後まで、ページが打ってありません。一度『冥途』の世界に足を踏み入れたら、途中止めにしたり引き返したりできないよう、目印になるページ数をなくしたいという、百閒自身の提案があったようです。当然、目次も本来の形は取れません。ただ短篇のタイトルをずらずら並べただけです。しかもそのタイトルがすべて漢字なのです。花火山東京伝尽頭子烏件木霊流木蜥蜴道連柳藻……。それらの漢字が全部合わさって、完全な長方形を成している様は、もはや目次でも文字でもなく、呪いのための模様のようでした。

「じゃから、乱丁、落丁も増える。これは、途中の一ページが抜け落ちたまま出回った、貴重な一冊じゃ。ところがさすが百閒さんじゃなあ。いくら丁寧に読んでも、どこが落丁しとるか、よう分からん。一体どこが境界なのか……」

お役人を見送った時、店のガラス戸は閉めたはずでしたが、不意に風が吹き込んできて、『冥途』のページをパラパラとめくりました。主人は何も言葉が浮かんでこず、ただ老人の膝の上に置かれた古い本に、視線を落とすばかりでした。

「そのうえ更にこの本が貴重なのは、百閒さんのサインが入っとることじゃ。しかもただのサインじゃない。名前の右上に、墨が一滴垂れておるじゃろう。まあ、ちょっとした失敗じゃな。この一滴の染み。偶然にしては何とも味わい深い雰囲気を醸し出しとる。『冥途』のためにどうしても必要な、欠くべからざる印を、ここに刻んどる。そう思わんかな、あんた」

結局主人は、その本を老人から買ったのです。文学にも内田百閒にも興味などないはずの主人が、買ってくれと頼まれた訳でもないのに、それどころか渋る老人を無理矢理に説得して、それを自分のものにしたのです。

『冥途』を手にした主人は、すぐに駅に向かう気になれず、百閒の生家跡を通り過ぎ、旧道を抜け、土手に上がってあてどもなく歩き続けました。桜の蕾はまだ開く気配を見せず、川面を照らす光も淡く、川の向こうに見えるお城の輪郭はぼんやりとした靄に包まれていました。時折、斜面に寝転がって休む人や、川べりで三輪車を漕ぐ子供の姿が目に入りますが、土手の上から見下ろすと、彼らがひどく遠くに感じられます。すれ違う人は皆、目を伏せています。

左脇に抱えた『冥途』を落とさないよう、主人は指に力を込めます。『冥途』はよそよそしくひんやりとし、微かに黴のにおいがします。歩いても歩いても、土手は続いてゆきます。ゆるやかにカーブしながら、靄の先の果ての一点まで、ずっと続いています。

「これを見なさい」

サインの脇に落ちた墨の跡を指差しながら、私に向かって主人は言いました。

「これは何だ」

問い詰めるような口調に気おされ、私は返事に窮しました。

「分からないのか。きみ子だよ」

主人の声は裏返り、『冥途』をつかむ手は震えていました。

「きみ子……」

うわ言のように私はその名前をつぶやきました。もう何年も、決して口には出すまいと心に決めていた名前。私たち夫婦の大事な娘。蜂に刺されて六つで死んでしまったきみ子。

「そうだ。きみ子だ。ご覧、丁度このあたりが鼻、ここが耳、墨がかすれたところが髪の毛……。横顔だ。目を見開いて、どこか遠くを見ている。睫毛もちゃんとある。それどころか、眉毛の脇のほくろまで……。まだ分からないのか。口元なんて、そっくりじゃないか。きりっと締まった、利発そうなこの唇が、今にもお父さんと言いそうだ」

人差し指で主人は墨の跡をなぞります。よく見れば確かに、人の顔に似ていると言えるかもしれません。けれどその跡は、指先に隠れてしまうほど小さいのです。ほんの一滴の、染みにすぎないのです。

「いいえ、違います」

私は言いました。

「きみちゃんじゃありません。きみちゃんがこんなところにいるはずないじゃありませんか」

「何だと。母親のくせにお前は……」

主人は私を罵りました。その間もずっと墨の跡を撫で続けていました。

それから『冥途』を閉じると、自室に籠もり、鍵を掛けて丸二日、出てきませんでした。

「『冥途』を読んでは駄目よ」

私は何度かドアの前に立ち、主人に向かって言いました。

「落丁の境界に足を取られたら、大変だから……」

しかし主人から、返事はありませんでした。

三日めの朝、主人は部屋から出てきました。恐らく全部を読み終えたのでしょう。机の真ん中には『冥途』が置かれていました。主人は黙ってジャージに着替え、ラケットを持ち、私に「さよなら」の言葉もないまま家を出て行きました。第一土曜でも第三日曜でもない日に卓球センターへ行くのは、その時が初めてでした。

センターから電話があったのは、夕方、日が暮れはじめた頃です。センターの方と打ち合いの最中、倒れて亡くなったとの知らせでした。何の前触れもなく、苦悶の様子もなく、突然卓球台にうつ伏せになり、そのまま息を引き取ったのでした。

お願いいたします。どうかこの『冥途』をこちらで引き取っていただけないでしょうか。もちろん、まずは隣の老人にお返しするのが筋だと、先日、納骨の折に生家へ立ち寄ってみました。ところが、隣家は空き家になっておりました。いくら戸を叩いても呼びかけても、しんとしたままです。まあ、そんな予感はしておりましたが。となれば、頼れるのはこちらだけです。決して無理な注文ではないはずです。元々、こちらの商品だったのですから。

ただ一つ分かっていただきたいのは、不吉な品を厄介払いしたい、との気持からこちらに伺ったわけではないということです。むしろ逆です。『冥途』の落丁のおかげで主人は、ようやく苦行から解放されたのです。

いつまた、どこに、この『冥途』を必要とされる方が現れるかもしれません。あるいは既に、そういう方がこちらに注文書を送ってこられているのではありませんか。

取り留めのない話を聞いていただき、どうもありがとうございました。これが、『冥途』です。ここに置いて帰ります。

納品書

text by
クラフト・エヴィング商會

あ、お客さま、お待ちくださ い。いえ、御本をお預かりするのは構わないんです。ですが、お話をうかがいながら、さて、どうしたものかと考えておりました。お引き止めするべきか、それとも、すみやかにお帰りいただいた方がいいのか。ええ。この本のことは先代から聞いています。大変、貴重な本です。まず出てこないというか、出てきてはならない本と言えばいいのか。

先代から言われていたんです。もし、この「落丁本」を見つけたら、お客さまの言い値で買い取るか、あるいは、こちらで用意した落丁のない一冊と交換して差し上げるか――。ええ、いつかこういう日が来るのではないかと、先代のころより準備しておりました。少しお待ちいただけますか。いま、落丁のないものを持って参りますから。いえ、すぐそこの本棚にあります。ええ、この本棚に並んでいる本はですね、どれもまぁ、いろいろと事情がありまして。ええと――そう、これです。ありました。

内田百間氏著
野上臼川氏装
冥途
東京稻門堂書店版

御覧下さい。ほら。まったく同じ本でしょう？　『冥途』の初版本です。見た目は同じなんです。奥付も同じはずです。発行年月日も同じはずで——そうですね、まったく同じものです。一見して、この二冊は同じ本に見えます。
ですがね、じつは、お客さまがお持ちになられたこの「落丁本」、これが本当におっしゃるとおりのものであるなら、じつのところ、ページが抜け落ちているだけではない

んです。いえ、まだ確かめたわけではありませんので、あくまで憶測なんですが、先代が常々言っていた「落丁本」には、もうひとつ奇妙な特徴があるそうです。

まずはこちらを御覧ください。うちの本棚にあった落丁のないものです。

落丁はありませんが、ノンブルがないのは同じで、これはミスではなく、著者本人が意図したものだと聞いています。ですので、当然ながら目次にもノンブルが記されていません。目次によれば、十八編の短編がおさめられていますが、なにしろノンブルがないので、どの短編がどのページから始まるのか、見当がつきません。

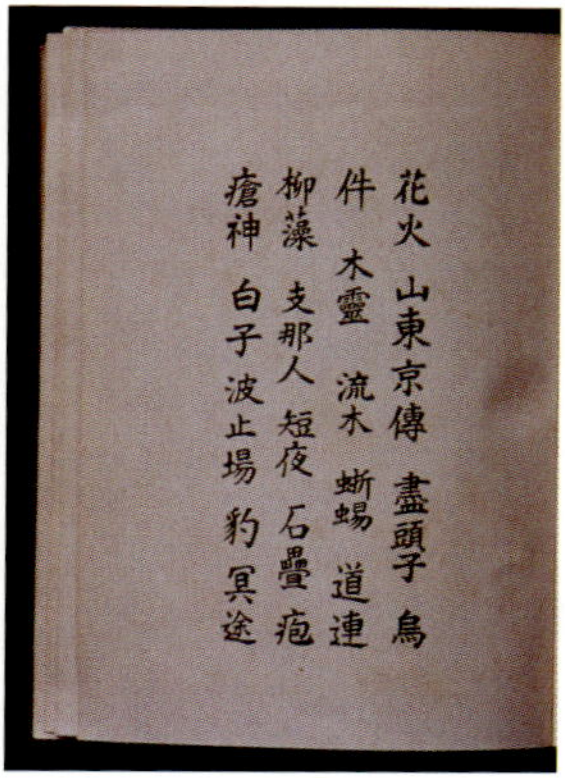
花火　山東京傳　盡頭子　烏
件　木靈　流木　蜥蜴　道連
柳藻　支那人　短夜　石疊　疱
瘡神　白子　波止場　豹　冥途

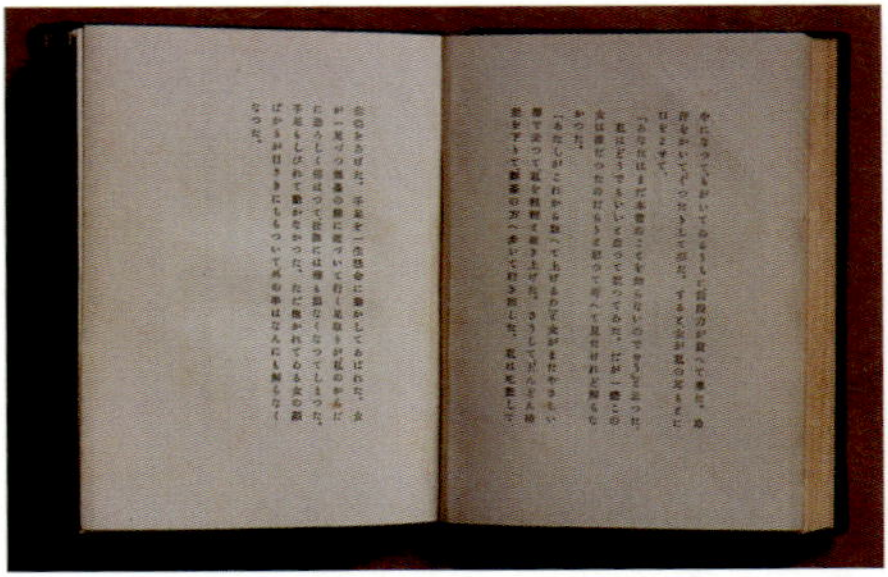

ですが――いいですか、見ててください、こうして何度かめくっていると、そのうち、それぞれの短編の末尾のページが見つかります。ほら、たとえばここです。最後の一行のあとに数行の空きがあるので、この空白を目印にすれば見つけやすいんです。ノンブルはなくても、この空きが手がかりになります。

　この初版本はしかし、一体、何冊、現存しているのか、刊行後、間もなく関東大震災があって、多くの在庫が版元の建物ごと焼失したと言われています。いまこうして手にしているのは奇跡のようで、そのうえ、二冊同時に目にすることなどきわめて稀なことでしょう。しかも、その一冊が「落丁本」となれば――。ええ。この本に「落丁本」が多かったというのは、複数の証言によって伝えられています。しかし、それらの多くは版元によって回収され、出回ることなく、焼失した可能性が高いんです。

「この本の落丁本は、焼失されてしかるべきだった。そういう運命だったんだ」——先代がよくそう言っていました。もし、あの大震災がなかったとしても、「すみやかに焼却すべし」と囁かれていたかもしれません。その理由が、先ほど申し上げた奇妙な特徴に秘められていると言うんですが——まずは、お持ちいただいたこちらの「落丁本」を見てみましょう。じつは、この「落丁本」をこうして手に取ってページをめくるのは初めてです。存在しないものと思っていました。でも、あるんですね。何もかも祖父の言ったとおりです。まず、その「落丁本」には百閒の署名が入っている。一ページ抜け落ちていると言われていますが、ノンブルがないので、そのページがどのページであるか確かめられない。それゆえ、うっかり「境界」に足を取られてしまう。すなわち、この本の行間の向こうにひろがる白い闇に呑まれてしまう。

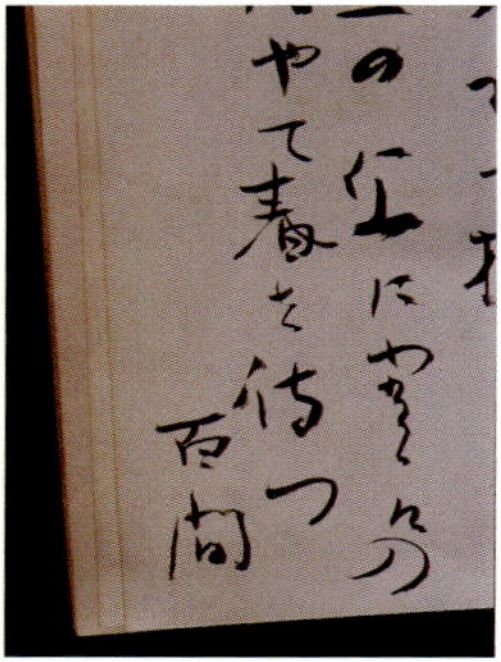

「まずは魂が呑まれる」と先代は言っていました。「やがて体も後を追う」と。しかし、本当に欠落したページがあるのかどうか。この話を聞いた誰もがそのことにとらわれ、「もうひとつの特徴を見過ごしてしまう」と先代は言いました。

「あちらへの入口は、むしろそこにこそあるんだがね――」

その本はいまどこにあるのか、と先代に訊いたら、「昔、うちで働いていた者が持ち出して、それっきり」とのこと。

で、その特徴なんですが、この「落丁本」には、どの短編も最後の一行のあとの空きがないそうです。そのかわり、意表をつくように、まるで落とし穴のように、その手前の行に空きがある。

ええ、すべての短編がそうなっているそうです。

つまり、どの作品を読んでも、あともう少しで終わりというところで、白い空白に足を取られる。いや、足だけならまだしも――。

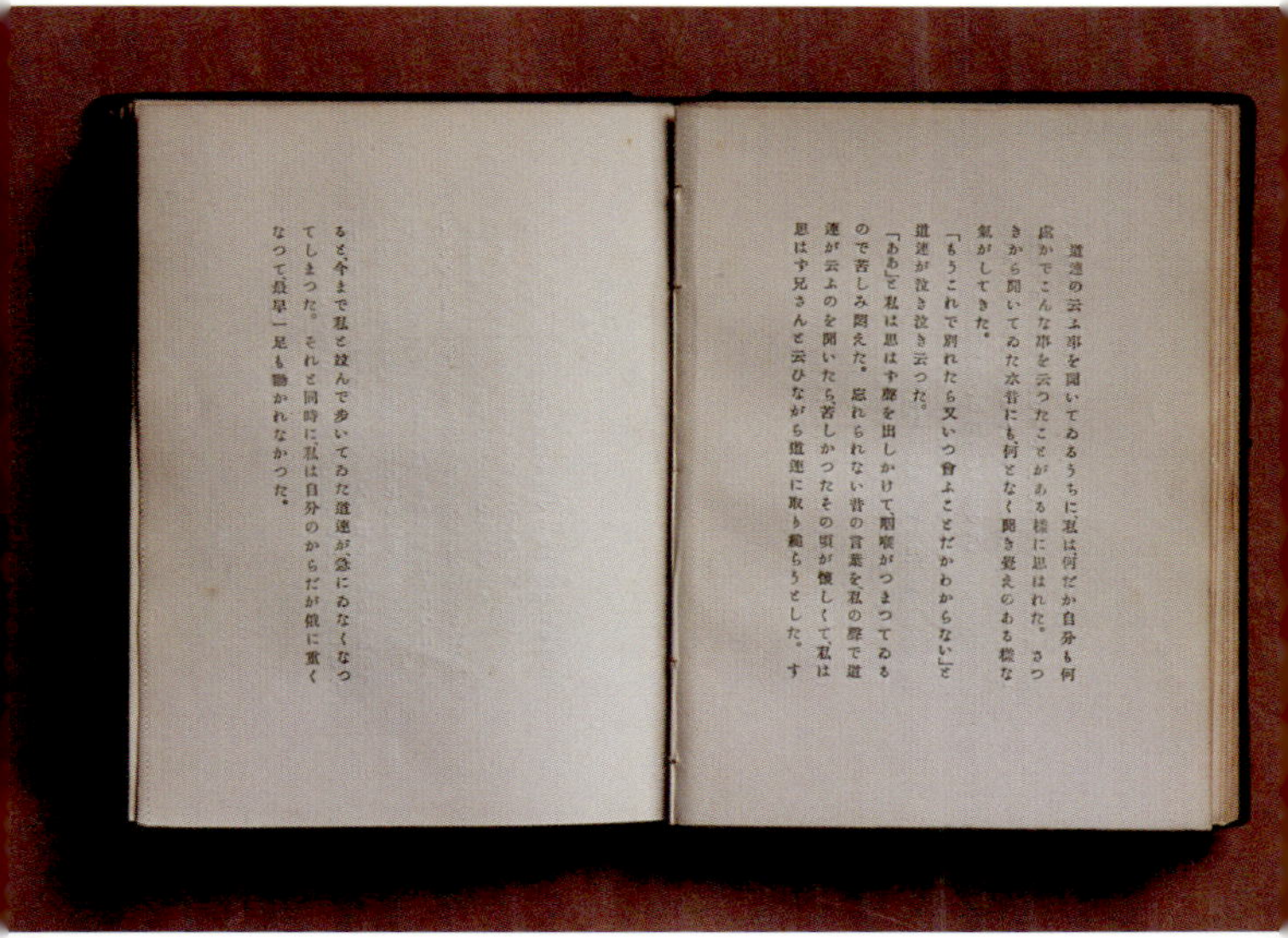

道連の云ふ事を聞いてゐるうちに、私は何だか自分も何處かでこんな事を云つたことがある樣に思はれた。さつきから聞いてゐた水音にも、何となく聞き覺えのある樣な氣がしてきた。

「もうこれで別れたら又いつ會ふことだかわからない」と道連が泣き泣き云つた。

「ああ」と私は思はず聲を出しかけて、咽喉がつまつてゐるので苦しみ悶えた。忘れられない昔の言葉を、私の聲で道連が云ふのを聞いたら、苦しかつたその頃が懷しくて、私は思はず兄さんと云ひながら道連に取り縋らうとした。すると、今まで私と竝んで歩いてゐた道連が、急にゐなくなつてしまつた。それと同時に、私は自分のからだが俄に重くなつて、最早一足も動かれなかつた。

いえ、すべては先代のホラ話かもしれません。たぶんそうでしょう——。
それにしても、こんな本は見たことがありません。
まさか、本当にあるとは。

しかし、お客さま——もしかしてこの話、御存知だったのではありませんか。

小川洋子、クラフト・エヴィング商會を訪ねるの巻

物と時間と物語

O＝小川洋子　H＝吉田浩美［クラフト・エヴィング商會］　A＝吉田篤弘［クラフト・エヴィング商會］

O――この本をつくり始めてから、早いもので九年が経ちました。

H――もう、そんなになるんですね。

A――九年のあいだにインターネットがすっかり世の中に定着して、いろいろなものがスピード・アップしました。特に「探す」ということに関して言うと、検索ですぐ答えが出るようになって。その結果、冒険することが難しくなりました。なにしろ、あっという間に「宝の箱」が見つかってしまいますから。

H――それに、九年も経つと、当時はまだなかったものが発明されたり発見されたり、もともと架空だったものが現実化したり。

O――「ない」が「ある」に転じたんですね。

A――「ある」を証明するのは簡単なんです。なにしろ、そこに「ある」わけですから。でも、「ない」を証明するのはすごく難しい。「ない」と言い切るのはほとんど不可能に近く、たいていの場合、「ない」んじゃなくて、まだ知らないだけなんです。

O――「ない」と済ませてしまうことの方が簡単そうに見えて、じつはすごく難しいですよね。だから、どんな難しい注文でも、「時間をかける」というエネルギーを使えば、必ず「ある」に辿り着けるんですね。

H——それにしても、見つけ出すのに時間がかかりすぎました。反省してます。

O——いいえ、九年かかったというのは、決して怠けていたわけじゃなく、やっぱり必要な時間だったんだと思います。こうしてあらためて注文書を眺めてみると、この九年間に現実が動いているのを実感します。まず、サリンジャーが亡くなりました。そして、ついこのあいだ、ブラッド・ピットが失顔症（相貌失認。人の顔が覚えられない脳の障害）である可能性を告白しました。これは『たんぽぽ』の人体欠視症に似た症状です。吉田さんたちが探し出した品物にまつわる時間の流れと、現実に流れている時間には隔たりがあるように思いますけど、現実の方が後から追いかけてきて、あるときカチッと出会う。素数蟬（十七年あるいは十三年に一度、大量発生し、それ以外の年には発生しない蟬）が周期的に大発生するように、ある瞬間に出会って、また違う流れに戻っていく。

A——どうも、インターネット中心の時間の流れから外に出ないと、いまや、こうした探索や冒険は出来ないのかな、と痛感しました。そう思いながらも、手っ取り早く答えを出したくて、つい焦ってしまうんですけど。でも、「手っ取り早く」では見つけられないもの、時間をかけることでしか触れられないものがあるんじゃないかと——。

O――そうですよ。最後の最後に、あるはずがないと思われていたものが見つかったんですから。しかも、それが「空白」だったとは――。

A――あれは、百閒先生からのプレゼントですね。

O――ちなみに、いちばん時間がかかったのはどの注文でしたか？

H――それはもう「貧乏な叔母さん」でしょう。

O――でも、見事に郵便配達員のボタンに辿り着きました。

A――いや、あれはですね、たぶん、この注文には誰も応じられないので、それならいっそ、依頼人の彼に答えていただこうと悪知恵が働いたんです（笑）。とは言っても、さて、答えていただくには、どうしたらいいものかと悩みまして――。

H――未来の彼が答える、未来の自分に教えてもらう、っていうのはどうか、と思いついたんです。

O――それで、「時間差郵便」という、これまた時間に関わる物で納品されたというのが象徴的でした。

A――でも、よく考えてみると、その結論ってごく普通のことじゃないかなと思うんです。いまの自分は悶々としてよくわからないんだけど、時間が経って状況が変化したり自分の考えが更新されたりして、それまでわからなかったことが見えてくることって、ありますよね。意識してなくても、皆、そうして問題を解決してます。だから、「未来の自分に教えてもらう」というのは、SF的な大げさな話じゃなく、日常的なごく普通のことなんです。

O――では、時間ではなく、いちばん長い距離を移動したのはどの探索でした?

H――ええとですね、それはやっぱり「バナナフィッシュ」かな?

O――なかなか、見つからなかったんですね。

H――というか、そもそも、「バナナフィッシュ」って何のことだろう、って(笑)。

O――そうですよね。初めて『バナナフィッシュにうってつけの日』を読んだとき、私にとっては何より「バナナフィッシュ」が大問題だったんです。ところが、納品書を見て、なるほど、「うってつけの日」の方が大事だったんだ、と発見しました。

H――そういう「よくわからないもの」とか「見えないもの」を探し出すコツって、「見えないもの」を「見えるもの」で包囲してしまうことなんです。そうすると、最後に「バナナフィッシュ」の輪郭が浮かび上がってくる――。

O――それにしても、注文をしに来た人は、どうも、みんな前置きが長くて、自分が何を求めているのか、なぜこれを探しているのか、話しながら自問自答している感じです。吉田さんたちはその聞き手で、言ってみれば、カウンセラーのようでもある。

H——いえいえ、私たちは何もしてないですよ。皆さんが勝手に話してくれるんです。御自分の——なんでしょう？　物語ですかね、やっぱり。

A——もしかして、物語って時間のことじゃないかなって思うんです。依頼人は「こういうものが欲しい」と探しているわけですが、どうしてそれが必要なのかと訊いてみると、驚くくらいいろんな理由が返ってくる。そのうち、「そうか、そういうことだったんだ」と御自分で納得したりして。そうしたやりとりに時間をかければかけるほど、依頼人の中で物語が進行するんです。結局、僕らはそのきっかけとして——つまり、物語を前へ進めるためのヒントを手渡しているだけなんです。

O——となると、探していた物を受け取ったことで解決するんじゃなく、ここへ来て注文書を作成した時点で、すでに完結していたのかもしれないですね。

H——今回、私たちにとって興味深かったのは、品物をお渡ししたあとの物語が明かされたことです。これまでは、依頼人のその後の人生がどうなったのか知りませんでした。

O——依頼人に思い入れが深くなって、つい、境界線を踏み越えてしまう、なんて経験はありませんでした？

A——そこは、仲介者に徹しようと固く決めているんで、個々の物語にはなるべく立ち入らないようにしています。注文に対して「はい、こちらです」とお渡しするだけで。ただ、答えや結果をすぐに渡してしまうと、物語がそこで終わってしまう可能性があります。もっと語られたはずなのに。宝の箱にあっけなく辿り着いちゃうと冒険ができません。だから、わざと寄り道をしたり、まったく見当違いなところへ行ってみたり——。

H——わざと知らないふりをしてみたり——。

O——意識して時間をかけないと、時間がもたらしてくれるかもしれない偶然を取り逃がしてしまうということですね。

H——そうですそうです。だから、能力や技術が優秀じゃない方がいい物語をつくれるのかもしれないんです（笑）。

O——なるほど合点がいきました。それで、依頼人たちはあちらこちら寄り道をして、前置きが長くなっているんですね。案外、寄り道じゃなくて、注文するための物語を熟成させていたのかも。

A――ええ、たぶんそうですよ。そんなふうにして、クラフト・エヴィング商會は「物語」を集めてきたんです。あくまで「物」はついでというか、オマケでして――。

H――そういえば、どうして物語の「もの」って「物」なんだろう。人間の「者」じゃなくて。

O――たしかに、人が語るものなのに不思議です。

A――きっと、「物」の方が物語を知ってるんですね。

H――どうして、人も「もの＝者」っていうのかな？

A――そういえば、物には魂がある、と昔の日本人は気づいてました。いまはみんな忘れちゃったみたいですけど、昔はそれが当たり前でした。

O――気づくといえば、内田百閒の『冥途』の初版本があんなことになっていると、どうしてこれまで気づかなかったんでしょう。あの本文の組み方――。それに、あの初版本、背中に『冥途』というタイトルはあっても、著者名がないんです。

H――間違いだらけの本ですよね。

O――なんだか、現実が内田百閒のお話に取り込まれてしまったようで、私たちが意図してそうしたわけじゃないのに、偶然の力がそうしてくれたんでしょうか。きっと、こうした偶然が働かないと、本は――物語はつくれないんですね。

H――最後に偶然の力が働いて、これまで見過ごされていたことに、たまたまタッチできた感じです。なんだか、『冥途』の本当の秘密に触れてしまったみたいな――。

A――でも、タッチできたことだけが重要なんじゃなくて、たとえタッチできなくても、自分が知らないものが「そこにある」と実感できればいいんだと、今回、ようやくわかりました。『冥途』の発見は、むしろ稀なことで、こればかりは、のらりくらりと迂回してきた成果です。

O――けれど、せっかく辿り着いたのに、タッチしたことに気づかないときもあるかもしれないですよね。そして、最初からそこにタッチすることを目的にしていたら、もっと違うところに行ってしまったでしょう。

A――はたして、過去が導いてくれたのか、それとも未来の自分が教えてくれたのか――。

O――私はよく編集者に「どれくらい進みましたか」と訊かれて、まだ一行も書いていないのに、編集者をがっかりさせたくない一心で、あたかもこういう小説を書いていますと思いついたでたらめを並べてしまうことがあるんですが――。

H――小川さん、それって、でたらめじゃなくて、未来が兆しているのかもしれないですよ。

O――あ、未来といえば、じつはここに一枚、新たな注文書を持って来たんですけど。
H――ありがとうございます。さっそく、承ります。
O――じつは、自分が書いた小説の中に登場する品物を注文したいんです。それって反則でしょうか？　でも、貧乏な叔母さんのように人間じゃありませんし、長距離を移動する必要もないと思いますから、そうややこしくはないはずです。二十五年くらい前に書いた短編に出てくる物で――あれ、えっと、たしかここに入れたはずなんですけど……まぁとにかく、話せば長い事情がございましてね――。

本書の源泉となった五つの小説 ◉小川洋子(O)によるコメント付き

〈人体欠視症治療薬〉

川端康成「たんぽぽ」(未完)

「新潮」一九六四年六月号から一九六八年十月号にかけ、二度の中断を経て連載されたが、完結を見ないまま絶筆となった。一九七二年、新潮社より刊行。現在は『川端康成全集』第十八巻(新潮社、一九八〇年)で読むことができる。川端康成(一八九九〜一九七二年)は『伊豆の踊子』、『雪国』などで知られる小説家。一九六八年、日本人として初めてノーベル文学賞を受賞した。

未完の小説。何と魅惑的な響きだろう。作者に置き去りにされ、登場人物たちは皆、途方に暮れている。終わることを許されず、どこにもたどり着けないままに宙をさ迷っている。どうやったらそんな小説が書けるのか。誰か教えてほしい。(O)

〈バナナフィッシュの耳石〉

J. D. サリンジャー「バナナフィッシュにうってつけの日」(一九四八年)

原題 *A Perfect Day for Bananafish* は、*Nine Stories*（リトル・ブラウン刊、一九五三年）の収録作品。主な邦訳は一九七四年に刊行された野崎孝訳『ナイン・ストーリーズ』（新潮文庫）。二〇〇九年にはヴィレッジブックスより柴田元幸による新訳が刊行された。J. D. サリンジャー（一九一九〜二〇一〇年）はユダヤ系のアメリカ合衆国の小説家。『ライ麦畑でつかまえて』、『フラニーとゾーイー』などで知られるが、一九六五年以降、作品の発表を止めて、生涯沈黙を通した。

一回の表裏から早速、〝こと〟が起こる試合、というのが時にある。初球、ピッチャーが危険球で退場、迷い込んできた鼬が外野を疾走、停電で球場が真っ暗闇。そういう試合を目の当たりにするたび、『ナイン・ストーリーズ』の先頭バッター、『バナナフィッシュにうってつけの日』を思い出す。（O）

〈貧乏な叔母さん〉

村上春樹「貧乏な叔母さんの話」（一九八〇年）

「新潮」一九八〇年十二月号に発表後、一九八三年、中央公論社から刊行された短編集『中国行きのスロウ・ボート』に収録された（現在は中公文庫）。その後、『村上春樹全作品 1979〜1989 ③』（講談社）に収録されたが、その際には大幅な改稿がなされた。村上春樹（一九四九年〜）は『ノルウェイの森』、『ねじまき鳥クロニクル』などで知られる小説家。翻訳家としても知られ、二〇

○三年にはサリンジャーの『キャッチャー・イン・ザ・ライ』を翻訳している。

伯母さんでも小母さんでもオバサンでもなく、どうして叔母さんなのかなあ、と時々考える。貧乏なのはまあ、仕方がない気がする。裕福な伯母さん、だと少し平和すぎる。やはり、貧乏な叔母さん、が一番しみじみして背負い甲斐があるからだろうか。（O）

〈肺に咲く睡蓮〉

ボリス・ヴィアン「うたかたの日々」（一九四七年）

原題は *L'Écume des jours*。一九七九年、伊東守男訳『うたかたの日々』（『ボリス・ヴィアン全集』3、現在はハヤカワepi文庫）として早川書房から刊行されたが、それに先立つ一九七〇年に『日々の泡』（曾根元吉訳）というタイトルで新潮社より刊行されていた（現在は新潮文庫）。ほかに、野崎歓による新訳（光文社古典新訳文庫、二〇一一年）がある。ボリス・ヴィアン（一九二〇〜五九年）はフランスの作家であり詩人でありジャズの演奏家でもあった。著作に『北京の秋』、『赤い草』、『心臓抜き』などがある。

鮫革のサンダル、ニジンスキーの振付で踊るヒヨコの胎児、ピアノカクテル、縮んでゆく部屋、心臓抜き、雪もぐら……。ああ、どれもこれも手に入れたい。免税店よりもアウトレットモール

よりも、物欲を掻き立てる一冊。（O）

〈冥途の落丁〉

内田百閒「冥途」（一九二一年）

「新小説」一九二一年（大正十年）一月号に「山東京伝」、「花火」、「件」、「道連」、「豹」とともに発表後、一九二二年に稲門堂書店より刊行された処女作品集『冥途』に収録された。刊行の翌年、関東大震災によって印刷紙型と在庫の多くを焼失。現在では、岩波文庫『冥途・旅順入城式』、ちくま文庫『内田百閒集成』第三巻、ちくま文庫『内田百閒』（ちくま日本文学1）で読むことができる。内田百閒（一八八九～一九七一年）は『阿房列車』、『ノラや』、『百鬼園随筆』などで知られる作家。師である夏目漱石の著作本の校閲に従事していたこともある。

冥途。この漢字を書く時は、覚悟が必要だ。余計な点を打ったり、どこかはみ出したりして、もし途中でわけが分からなくなったら、きっと冥途に引きずり込まれる。だから一旦書きはじめたら、最後まで正確に書ききらなければならない。百閒がタイトルにした時から、そう決まっている。（O）

解説

平松洋子

ちらり、ちらり、脳裏に浮かんでは消えていた人物がベラスケスだと気がついたのは、『注文の多い注文書』を読み終わってから二、三日経ってからのことでした。

ディエゴ・ベラスケス。十七世紀、スペインバロック期に活躍した画家で、国王フェリペ四世の引き立てのもと、国王一家や宮廷の人々、宗教者、知識人の肖像画を生涯にわたって描いた。「黒衣のフェリペ四世」「白いドレスの王女マルガリータ」「教皇インノケンティウス十世」をはじめ、人物の内面までも描きだす傑作揃いです。では、なぜ『注文の多い注文書』とベラスケスが一本の線で結ばれることになったのか。すぐに見当がつきました。ベラスケスの絵は注文の産物だから、なのです。一生を王の側近として過ごし、王宮の鍵を預かる役人となって貴族の称号まで与えられたベラスケスですが、そのかたわら、注文に応える義務と責任をわが身に背負い続けた。もちろん、マネが「画家の中の画家」とまで評したベラスケスが籠の鳥だったなどというつもりは毛頭ありませんし、フェリペ四世とベラスケスは特別の友情で結ばれてもいたようです。しかし、注文主である王家の威信を損なわず、つねに満足をあたえ、いっぽう鑑賞者には畏敬の念を覚えてもらわねばならない。注文が多すぎる！　しかし、ベラスケスは見事にやってのけ、絵画史に足跡を刻んだのです。

前置きが長くなってしまいました。とにかく言いたかったのは、この世で注文者ほど絶対的な存在はいないということです。自由で、無謀で気まま。注文とは、事情やら願望やら懊悩やら、軽重を問わずのっぴきならない思いが凝縮されているもの。おずおずと伏し目がちに差し出されたとしても、その勢いにおいて無敵。だからこそ、注文をめぐって丁々発止が生まれる。

『注文の多い注文書』でも、注文する者、注文を受ける者、両者のあいだには引き絞った弓矢にも似た緊張感が張り詰めています。注文主五人はいわば書物に取り憑かれた人々、それぞれに小説との関係を断ち切れないでいる。思いあまって「ガス燈のある袋小路」の奥に佇む店の扉を叩くと、胸のうちを見透かされて「ないものでもあります」と囁かれるのだから、さあ大変。「ないものはない」と引導を渡されればあきらめもつくのに、「ある」と言われれば熾火に風が送り込まれるのはとうぜんの成りゆきです。注文の内容と顚末は、念入りに交わされる「注文書」「納品書」「受領書」により縷々明らかにされてゆくのですが、注文がぶじに完了をみると、そもそも注文の出発点となった小説じたいに微妙な揺れが生じている。そこが空恐ろしい。

冒頭「人体欠視性治療薬」からして、まっこうから川端康成の小説を揺さぶりにかかっています。若い女性の注文主が「人体欠視症」の治療薬を所望するわけですが、その奇妙な病は未完の長編小説「たんぽぽ」に登場する娘、稲子と同一のもの。「たんぽぽ」は一九六四年、雑誌「新潮」で連載が開始されたのち断続的に発表されていましたが、七二年四月、川端康成のガス自殺により絶筆となったいわくつきの作品です。しかも、実験性の高い独創的な作風で、川端文学を読み解くうえで重要な鍵のひとつ「魔界」を題材に扱っている。注文主は、治療薬「蚊涙丸」が入荷しましたと「クラフト・エヴィング商會」から知らせを受けるのですが、「受領書」を読んで、私はあっと声を上げてしまいました。欠視症が治ったのは、視力を失ったという意味だった。世界の一部を失うより、いっそ全体を喪失するほうが救いだといわんばかり。おなじ病をもつ稲子に対しても引導が渡されているわけで、つまり、未完の絶筆にあらたな物語が書き加えられているのです。「人体欠視症治療薬」によって、未完の「たんぽぽ」に終章が授けられたというべきでしょうか。

J・D・サリンジャーにもメッセージは送られます。「ライ麦畑でつかまえて」「ナイン・ストーリーズ」「フラニーとズーイー」「大工よ、屋根の梁を高く上げよ／シーモア―序章―」「ハプワース16、1924年」を発表したのち、サリンジャーは長い沈黙に入り、二〇一〇年に没するまで隠遁生活を貫いた。注文主は、断筆理由について「バナナフィッシュの耳石が手に入らなくなったため」と結論、次作が読みたい一心で耳石探しを依頼します。そして「クラフト・エヴィング商會」はサリンジャー自身が使用していたかもしれない「バナナフィッシュ成熟判定ボード」を発見、しかし、注文主の都合でせっかくのボードは宙ぶらりんのまま、弁解も煮え切らない。うやむやに終わった結末には、しかし、みずから姿を消した作家への労りや親愛の情が感じられ、サリンジャーからの小説の贈り物にいっそうの燦めきがあたえられるのです。

さて、小説には、出会ったら最後、読む者に取り憑いてしまう人物が潜んでいます。村上春樹の短編集『中国行きのスロウ・ボート』に収録された「貧乏な叔母さんの話」に登場する「貧乏な叔母さん」もそのひとり。「クラフト・エヴィング商會」に舞いこんだ依頼の手紙には、二人きりで長年暮らした祖父を亡くしたあと背中に貼りつき、とつぜん消えた叔母さんに逢いたいとあります。その書簡は「時間差郵便」によって運ばれたと推理した「クラフト・エヴィング商會」は、時空間のずれを利用して祖父が着用していた制服のボタンを届け、注文主の青年に励ましを授けます。でも、やっぱり気になるのは貧乏な叔母さんのこと。たったいまどこの誰の背中に貼りついているのかしらん。私もいつか貧乏な叔母さんに逢いたい。

ボリス・ヴィアンの小説「うたかたの日々」にしても、カクテルピアノの演奏や鮫皮のサンダルやしゃべるハツカネズミや、肺に咲く睡蓮のイメージが一瞬よぎることがあります。五年か十年に一度ですけれど、でも強烈な瞬間。だから、ガラス瓶に睡蓮を収めて死者を悼みたいという注文は、けっしてひとごととは思えません。「クラフト・エヴィング商會」は手を尽くし、人体に寄生していた物体が蒐集された標本箱に睡蓮用のガラス容器を収めて届ける。ところが、注文主のもとには睡蓮が咲いていた肋骨がもたらされており、すでに墓に埋めたと告げるのだから驚くではありませんか。そして、ことの顚末を語り終えた盲目の指圧師は、「ほかのものは消えていい」とばかり、帰り道まで慇懃無礼に示すのです。一件落着、でもちょっと理不尽。空っぽのままのガラス瓶に、「うたかたの日々」の儚くも華やかな美しさと毒気が永久保存されています。

注文とは喪失の空白を埋める行為でもあるようです。しかも、いずれの注文主の依頼も体の一部の欠損にかかわっている。視力。耳石。背中。肋骨。いずれもほんらいあるべきものなのだから、「ないものあります」と誘われれば、がぜん取り戻したくなる。喪失の呪縛を解いてくれるのは、すでにどこかに存在しているものではなく、この世にないものなのかもしれません。

さて、「冥途の落丁」です。内田百閒の短編「冥途」をめぐるこの一篇だけ、ほかの四篇とは趣きが異なることにおおいに反応せざるを得ません。なにしろここに納品されているのは、一九二二年に刊行された処女短編集『冥途』（稲門堂書店）の初版本なのですから。稀覯本とはいえ、その気にさえなれば文学館や図書館、古書店などで目にすることができる本物、現存する書物です。わけあって注文主自身が置いていったこの一冊は、じっさいに関東大震災をくぐり抜けた初版本の現物。「ないものあります」を売り文句にする「クラフト・エヴィング商會」にしては不可解な納品ではありませんか。

『冥途』の初版本はそもそも風変わりな書物です。目次には十八の題名が羅列されていますが、数字が見当たらないのは全ページにノンブルがないため。いずれも著者である百閒の注文だといわれますが、そのため乱丁や落丁が多かったのです。

ところで、本書は「注文書」から「受領書」まで時系列の順にしたがって書き進められ、「冥途の落丁」もおなじ時間経過のもとで書かれたそうです。仄聞するところによると、この落丁本の現物が現れたのは、じっさいに「注文書」が書かれたそのあとだった。つまり、このような行と行とのあいだに空白がある不可解な現物が存在しているなど、だれも見たことも聞いたこともなかったらしいのです。そのエピソードを聞いたとき、とっさに思いました。「冥途の落丁」が書かれるまで、現物の落丁本のなかに「冥途の落丁」の物語がひっそりと埋もれていたのだと。税理士の夫が息を引き取った永遠の空白。行と行とのあいだに横たわるふかい闇のような空白。ふたつの空白は、「冥途」初版本によって等号で結ばれていたという事実がここにある。偶然を装いながら、〈現実＝ここにあるもの〉は〈ここにないもの〉もふくめて、あらかじめすべてを飲み込んでいるということでしょうか。

『注文の多い注文書』は、五人の作家が生きて書いた小説に端を発してこの世に現れた一冊です。もしおおもとの小説が書かれていなければ、「注文書」も「納品書」も「受領書」も生まれ得なかった。そう思うと、現実こそが魔術師だと思われてくるのです。

最後にもう一度、ベラスケスについて触れさせてください。晩年近くに描かれた名作「ラス・メニーナス」。画面には幼いマルガリータ王女、女官、道化師、犬、鏡のなかに映る国王夫妻、絵筆を執る画家本人。王家の日常が描かれているようでいて、じつは鏡のなかの国王夫妻の目に映った光景であり、いくつもの視線が複雑に交錯して謎めいている。ベラスケスは、王家に仕える日々を送りながら、称揚に屈さず、虚構を企てる芸術家であり続けた。創造という行為を推し進めたのが、ほかでもない注文と納品の共犯関係であったことに想いを馳せずにはおられないのです。

この作品は、二〇一四年一月二十五日、筑摩書房から刊行された。

「冥途の落丁」の「納品書」に用いた書籍は、一九二二年刊の内田百閒『冥途』（稲門堂書店刊、日本近代文学館所蔵）である。

ちくま文庫

注文《ちゅうもん》の多《おお》い注文書《ちゅうもんしょ》

二〇一九年六月十日　第一刷発行

著者　小川洋子（おがわ・ようこ）
　　　クラフト・エヴィング商會（しょうかい）

発行者　喜入冬子

発行所　株式会社　筑摩書房
東京都台東区蔵前二―五―三　〒一一一―八七五五
電話番号　〇三―五六八七―二六〇一（代表）

装幀者　安野光雅
印刷所　凸版印刷株式会社
製本所　凸版印刷株式会社

ISBN978-4-480-43593-4　C0193